U0500913

明
室
Lucida

照 亮 阅 读 的 人

第七官界彷徨

尾崎翠中短篇小说集

Osaki Midori

[日] 尾崎翠————著　伏怡琳————译

北京联合出版公司
Beijing United Publishing Co.,Ltd.

目　录

蟋蟀小姐

我们这故事的女主人公，即便说出她的名字，大抵也不会有几人知道。我们这故事的女主人公，在这世上鲜有知己，就许多种意义而言皆是一种飘忽无常的生物。要问缘由，想必纷纷扬扬多得很，但是，这些东西，对这故事来说没有什么价值。不过曾有一个时刻，我们耳中飘来过一两段极轻极小的、风递来的消息。依凭这些风言风语，有一种说法，称我们这位女主人公诞生到这世界上来的时候，那几位司掌社交的神明，主管人与人知己关系的神明，错弄了调配的分量。也有一种说法，道是她实在不走运，偏巧就在那几个神明编织一场午间小梦的片刻工夫，我们这女主人公降生到了这个世界上。另外，还有一阵有些喜欢刨根究底的风，很像那么回事儿地告诉我们：这飘忽无常的故事的女主人公刚出生那会儿，刚好赶上诸神的国度流行一种什么思想。估计是这思想的碎片，一个不留神，飘进了女主人公脑袋里的某个角落。抑或是飘进了心脏里的某个角落。关于那什么思想（喜欢刨根究底的风，还在对我们讲个不停），有说是一种殊为静默的思想，也有说是一种殊为喧闹的思想。神明国度的真相，不是我们这些风能闹明白的，且暂留给那些神明大人吧。总之就是这样，我们这位女主人公，要么因为身体里带上了神明们静默思想的碎片，所以对那些吵吵闹闹的地方，诸如人挤人的地方嫌恶得不行；要么因为神明们吵吵闹闹的思想，而把耳朵给闹聋了。所谓聋这种状态，归根结底（我们这位喜欢刨根究底的客人，稍稍把声音抬高了一些，给出最后的论断），乃是缺乏社交天性！乃是容易陷入厌人情结！乃是逃避型人格！

这喜欢刨根究底的风的见解，我们听下来感觉大抵也就一知半解。至于不解的部分，我们也一样留给神明的国度，且让它留在迷雾中吧。就这样，我们恍恍惚惚间冒出一个念头：这故事的女主人公，据我们猜测，应该相当不喜与人打交道。既然如此，我们与她相处也必须相当仔细谨慎。为了紧追她的影子以免跟丢，我们打算安安静静地追随在她的身后。

虽然故事一开头就被诸般风言风语搅得乌七八糟，但我们还是，又听到了那么一些关于药物的传言。传言说，我们这故事的女主人公，惯用一种褐色药粉。关于这药粉的颜色，也是众说纷纭，我们也闹不清该采信何种。有说不是褐色药粉而是一种黄黄的药，也有说是白色细碎的晶体。还有说看似褐色是因为瓶子的颜色，可见里边装的定是烈性药物。另有一些风声说，看着发黄实为米纸的颜色。说到底，此种问题恐怕也只能交给司管那些烦琐细节的神明大人，再没有别的法子。身为地上凡人的孩子，我们能做的只有祈祷主理药物的颜色呀形状之类的神明大人，神经可以稍微再细那么一点点，这样他所有的感官工作起来的时候也可以更加花样繁多一些。

总之不论那东西是什么颜色，我们这位女主人公惯用一种药粉。这是一个不争的事实。但是关于它的效用，我们似乎没法给出确切的消息。前面已有交代，我们这故事的女主人公，可能因为身边那些吵吵闹闹的思想，而导致耳朵被闹聋了。你可以说，她是为了从耳聋的愁苦中拯救自己，所以开始使用此种药粉；也可以说她是为了让自己聋得更甚，故而长期用药。但不论哪一种说法，这药都确实属于精神麻醉剂的一种，是伤风败德的玩意儿。想想也不会是心智健全、感官完备的人会放进嘴里的东西。

而且，关于这药粉的副作用，我们也听到了一小撮风言风语。说这药粉会作用于人的什么小脑组织，什么毛细血管，让人生出好些怪癖，诸如觉得太阳刺眼，觉得人群讨厌，等等。久而久之，惯用此药的人，会渐渐开始嫌恶白天外出，非要等到刺眼的太阳从地面消失不见时，他们才终于能找回身而为人的那颗心，才会从二楼的租赁房中走出来。（我们听说，大凡长期服用此药的人，都住在二楼的租赁房之类的地方。）至于他们走出租赁房之后的去向，我们听到的净是些极度伤风败俗的事情。此类药粉中毒的人，不论是谁，皆不愿去抓那些伸伸手便能够得着的空气，而非要幻想去抓那不知在哪儿的、远远的、渺遥的空气。对于身边这个实实在在、鲜活会动的世界，偏要加上他们那一套一厢情愿的解释，害怕、逃避、甚至轻蔑，末了，还是觉着电影院银幕里或者图书馆书桌上的世界住着更舒服。虽说是药物影响，但这副作用可真够糟的。第一次听闻此种传言时，我们深深地吐出一声叹息，而后低声咕哝起下边这番话:这药粉，怎么想都是恶魔的发明，绝对错不了。明明生在人世却对人世又轻蔑又拒斥，这不是亵渎是什么？不是大逆不道又是什么？他们这些用药成性的家伙若再不停用这恶魔的发明，下一秒地球的中心必会长出一根长长的鞭子，狠狠抽在他们这些人的心脏上。不管怎么说，哪怕只是这故事的女主人公一人，我们也一定要将她从对药粉的沉溺中拯救出来。

然而，尽管我们带着此番念想，可日子一天天过去，之后却一直不曾遇见她。结果这段时间，她果然勤勤恳恳去起了图书馆，看那样子似乎还带着某种殊为重大的目的。

罢了，我们毫无意义地罗列了这一路的流言

蜇语，占去好些时间。不过，诸君也不用因为这几段话，便认定我们这故事的女主人公是一个败德辱行的女子。为什么这么说？因为我们罗列的这些事情，不过是路上的风递来的消息。现在我们回到故事起首，这位女主人公，因为这般那般的原因，属于那种名字可说可不说的生物。

时值五月。荒草地的角落里开出一片泡桐花，只要一下雨，泡桐花的气味便会一直传到蟋蟀小姐的住处来。蟋蟀小姐居于二楼一间租赁房，三坪﹡大小。格窗外的廊台木头已经古旧得不行，房间女主人哪怕静静地走上几步，也会"吱呀吱呀"一通乱叫。

这天刚好是个切盼的雨日，天光也不那么晃眼，蟋蟀小姐决意趁天亮动身去一趟图书馆。大约一小时前她忙东忙西换好衣装，开始揣度天色的变化。想着想着，我们这位蟋蟀小姐迷迷糊糊犯起了困，于是在桌底下伸直了腿，在脑袋下边

﹡ 日本通用的面积单位，一坪约等于三点三平方米。——本书注释皆为译者注

垫了几本杂志当靠台，恰好在这临时拼凑的枕头上小睡了一个小时。待她再度睁开眼，刚刚好雨声响起，身边弥漫的泡桐花气味也比先前那会儿多少泛了白、褪了色。于是，她只消披上一件外套便可以收拾停当。蟋蟀小姐的外表不是什么新品，刚好就跟泡桐花蔫在枝头一般蔫在她身上。左边口袋里，那只小手包比她这外套还更经历了一些时日。右边口袋露出一小截叠了四叠的厚衣服的边角。蟋蟀小姐的外表大抵便是这般模样，没有什么清新锐利的风采。而这外套里头的蟋蟀小姐本人，在我们看来，清新度也就和这外套差不太多。

出了门来到下着雨的荒草地。泡桐的气味，满满钻进了蟋蟀小姐的雨伞。这也实在无可奈何。因为在这荒草地上，这个时节，哪里有空气，哪里便有泡桐花的气味。然而，蟋蟀小姐似乎并不怎么中意这里的空气。她从鼻孔深处，急吼吼地喷出两三下鼻息，不断将它归还到大气中。可是只要蟋蟀小姐一刻不踏出此片荒草地，她吸进去的每一口气息，便都是蔫蔫的泡桐花的味道。就这样，蟋蟀小姐不知不觉用左手捏住左口袋里的小手包，重复了好几次鼻息的运动。

在这下着雨的荒草地上赶路的当口，我们打算多少解释一下蟋蟀小姐为何拒斥泡桐花的气味。据我们所知，泡桐这种花相当了得，古往今来时不时便会停驻在情感派或者其他什么诗人的笔端。居然拒斥如此这般的芬芳，这态度着实该遭不少天谴。话是这么说，可眼下罩在蟋蟀小姐周身的泡桐气味，已经临近凋零，疲累而蔫软，甚至罹患上了神经症，这也是无可辩驳的事实。而蟋蟀小姐那厢，也因为靠着恶魔药粉维系生活，到这会儿多少也已经患上了重度的神经症。

　　稍稍再把话题扯远些，我们从前认识一位供职于名曰"分裂心理医院"的医师——幸田当八大夫。曾有一段时间，幸田当八大夫研究分裂心理研究得过于痴迷，抱着一大摞戏剧全集和一册笔记游历各地。他到某地后找上一位年轻姑娘，让她诵读了好几出殊为激情的爱情戏剧，将她的发音与心理变化记在笔记上。总之，这是一个对司掌神秘的神明多多少少有过一些亵渎的医生。关于幸田当八大夫的笔记，我们倒是握着一小撮让人欢喜的话题，不过那些还是留待别的日子再说。眼下，为了解释冒雨走去图书馆的蟋蟀小姐的某种心理，我们想要回忆幸田当八大夫曾经在旅途中创立的一种学说，追想起他那学说的一小点边角。五月的荒草地细雨迷蒙，疲于季节的泡桐气味弥漫。蟋蟀小姐那件褪了色的春日外套，在走出租赁房超过两分钟后，便已整个湿漉漉的。听人说，人的背影，有时也会打湿观者的心。这会儿，看着这五月荒草地上的景象，我们不由自主地吐出一声叹息。蟋蟀小姐的姿仪，与这春日的光景实在不怎么相称。裹住她背影的，确是一件春日外套，可这外套已经褪色，那色调更适合被唤作秋日外套。而我们，也正琢磨着不如就把这蟋蟀小姐的姿仪放到秋风里去吧。言归正传，幸田当八大夫的学说大抵如下：人一旦因为药物副作用或沉重的心理负担等因素导致脑神经秩序遭到扰乱，便会一个劲地想要逃避夏日艳阳那般强烈炽热的东西；同时，也会拒斥临近凋谢的花朵散发的香气那般纤弱微妙的东西。这是由患病者的体质所造成的必然心理反应，绝不是我等分裂心理学徒的牵强附会！如若病患不得不在太阳光线异常强烈的季节外出，他会将白天的外出推迟至夜晚，或者紧闭门窗窝在房中等待雨日，不论等上多久。另外，他若不得不从晚春的泡桐花下等诸如此类的地方经过，他的鼻孔会频频发出声响，希望通过急促的鼻息来避免将罹患神经症的泡桐香气吸入体内。总而言之，此乃神经症患者对神经症患者的拒斥反应。其目的是防患于未然，以免同类相悲。虽说病患与泡桐花一方为人一方为植物，本就有别，但基于同被神经症侵扰这一点，是为同类云云。

由于记忆恍惚，说不定我们歪曲了幸田当八大夫的学说，总之蟋蟀小姐努力不去吸入泡桐的气味，正是出于上边这种心理。她走过泡桐树边，穿过停车场走去了图书馆。

且让我们用极轻极小的声音道破这个秘密吧。在恶魔制剂的驱使下，我们这故事的女主人公，这段时间恋爱了。此段恋情的开端要我们怎么说才能说得明白？这可真是一场弯弯绕绕的恋情。

有一日，蟋蟀小姐因着一个不经意的偶然，发现了下边这样一篇故事。

古时有一男一女，敏慧互敬情投意合，从
无异心。*

故事由此开篇，自有一种古风古韵，讲述了
一个古怪诗人的情爱经历。诗人名叫威廉·夏普[†]，
因为内心一次不经意的萌动，对当红女诗人菲奥
娜·麦克劳德产生了情愫。二人的恋情绵柔细密，
胜过世间任何一场爱恋。据说你来我往，互通了
不少情意绵绵的书信，末了还写了诗。若依从我
国惯例，大抵就是互赠一些诸如下边两首和歌这
样的诗歌。

遇君方知此心情

世人皆道系恋情

返

不识恋爱何滋味

---

* 这句话取自日本平安时代的文学作品《伊势物语》第二十一话，
讲述了一对情投意合的男女。男人有一天突然留书出走，女人
以泪洗面吟诵和歌，并寄去诗篇质问男人是否已将她遗忘，男
人回送和歌称女人的质疑令他悲伤，其后女人自觉无趣，两人
音信渐远。

† 苏格兰作家，生于一八五五年，卒于一九〇五年。

敢问世人爱为何 [*]

不过这里边有一件事很是神秘，世间众人，从没有谁见过麦克劳德的样貌。也出于这个缘故，在同时代的人看来，麦克劳德是一位仿若空气一般的女诗人。故事里说，她生活在一处不为人知的隐秘角落，创作着白蒙蒙的被称为神秘派的诗篇。有时，麦克劳德也会来到心上人夏普的住处，小居几日。在这里，麦克劳德究竟度过了一段怎样的时光？她只是埋头写诗，自始至终，依旧是个不得见真容的神秘诗人。就因为这样，夏普的那些熟人一有机会便向他抗议。这群人纯属一丘之貉，绝不容许这世上存在诸如神秘派这样的东西，为说服夏普还搬出了一套说辞："久闻菲奥娜·麦克劳德小姐乃是一位姿容秀美、灼灼其华的女诗人。然阁下对吾等友人吝啬至极，一次都未曾让吾等

---

[*] 取自《伊势物语》第三十八话，男子上门拜访贵族纪有常，不巧主人不在，遂留下前一首和歌，将自己急于见到纪有常的心情喻为恋爱；纪有常归府知晓后，以后一首和歌作为回应。两首和歌虽以"恋爱"为题，展现的却是两位男士的诙谐幽默和他们之间的友情。

窥见麦克劳德小姐的风采。今日吾等势必要一睹小姐之芳容。为达此愿，吾等候上多少个钟点皆在所不惜。"

威廉·夏普听了此话，额前生出硕大一片阴云，也不看对方的脸便自顾自言语起来。看他这般模样怕是并不知道自己在说什么，这自言自语断了又续、续了又断，恍如晚秋的芭蕉："啊，此般萎靡颓唐的愿望该应不该应。麦克劳德她，此刻，已然踏上旅途。她现今，早已经，不在我身旁。恰在昨日傍晚，啊，我，不知为何丢了魂魄，渐渐遗忘，时间，时间的长短，依稀记得似是昨日黄昏。菲奥娜与我，依偎一处，啊，相依相偎，看那苍穹中的恒星。近旁稍远处，那行星也……"

"夏普！"来客终于忍不住提醒道，"吾等所求之事皆是这地面上的事，与天文全无干系。恒星！还扯什么行星！你这算什么意思。所谓指天胡诌，说的断然就是阁下这副德行。所以才说恋爱中的人不知廉耻，且精明狡诈。炫恩爱的话甩出一半，之后便拿天文做避难所。夏普啊夏普！你们相依相偎，而后阁下就……"

话到此处，夏普给出了回应。此种类型的来客，说到底，不抖出些接吻、床笫之事便不会善罢甘休。威廉·夏普连着一声叹息说道：

"自然，我们接吻了。呜呼，于我和菲奥娜而言，接吻又有什么意义？

"恰在我眼望行星的时候，啊，我的菲奥娜，钻出了我的心脏，不知去往了何方……"

"呵，这萎靡颓唐的痴话该听不该听。吾等眼下只想要一杯猛摇出泡的希特隆*，外加一柄团扇。这团扇，必须是给东洋小炭炉煽风点火的涩团扇†。速速给吾等取一柄来，愈大愈好。吾等听闻，这东西的颜色就跟人愁眉苦脸时的面色差不多，在耳朵被灌进炫恩爱的痴言乱语之后，可以为吾等送来一习清风。"

夏普终于沉默了。客人们依然叫嚣着要见麦克劳德小姐："吾等这鼻子对红粉佳人殊为敏感。她与吾等之间的距离绝不超过九尺‡，呵呵，正是此

---

* 札幌啤酒公司的前身大日本麦酒公司于一九〇九年发售的一款柠檬风味的碳酸饮料，一九一五年更名为"Ribbon CITRON"。
† 类似中国的蒲扇，扇面涂有用于防腐的青柿汁，结实耐用，常用来生火。
‡ 日本长度单位，一尺约为三十点三厘米。

等香气！麦克劳德小姐定然就在相邻的房间，正废寝忘食地沉溺于妆饰！这味道，呵呵，早在图坦卡蒙*的时代便已存在，乃是绵绵久久流传于世的那什么香料！当它与佳人肌肤的芳香混合在一起时，便会让吾等风流男士苦恼至死！夏普！快将麦克劳德小姐从梳妆室里带出来！"客人们高声喧嚷。夏普始终沉默。

就这样，威廉·夏普与菲奥娜·麦克劳德，悠悠岁月在二人之间流逝而去。在这岁月的间隙，人们终究，不曾一睹麦克劳德的姿仪。之后终有一日，在夏普离世后又过了一段时日，人们才终于知晓，菲奥娜·麦克劳德，已经与她心爱的威廉·夏普，在同一天的同一时刻，被召去了亘古恒久的神的领地。她离去时，与威廉同卧一张睡榻，患同一种疾病。只不过，映入众人眼中的唯独一具尸骨：男人威廉·夏普的尸骸。

好了，我们该回到读过这篇古风故事的蟋蟀小姐身边了。蟋蟀小姐一页一页翻读这古风的文

---

* 古埃及新王国时期第十八王朝的法老之一，公元前十四世纪在位。

章，只觉一阵秋风拂过身心。此般感觉，一直以来，皆是蟋蟀小姐被某样东西深深打动时才有的体会。这究竟是一种心理作用，还是真实感受？我们也无从断言。而这秋风拂过之后，很快，蟋蟀小姐必然会陷入一场恋爱。对象一直都是，送来秋风拂过她身心的物、事，还有人。

因为大脑一次不经意的跳跃，我们似乎把恋爱的边界扩展至了无限大。不论怎么说，依照一贯的程序，我们这位女主人公恋上了异国的诗人。

再回过头说一说，这篇古风故事以下边这般结尾告终：一具尸骸送走了两个灵魂，这样的死绝非世间惯有。然而，这微不足道的隐衷又有何人能知？人们埋葬的，终究只是生于大地而向往苍穹的诗人威廉·夏普的尸骸。（故事里说，他，也与他心爱的菲奥娜·麦克劳德一样，是一位神秘的诗人，将一腔诗魂托付给了太阳的游走与行星的嬉戏。）好几人一边致哀，一边暗自琢磨：麦克劳德小姐，此刻又在哪一方土地，为威廉的死而悲叹？还有一些绅士总在腰间口袋里塞满法国火腿，满得几乎溢出来，他们在送葬的队列中愈发胖出一大圈，在心底肆无忌惮地大声思忖：哎哟哟，你们看，这一年到头云啊霞啊呻吟不已的夏普，终于也被老天爷给召去了！这苍白的灵魂，还真以为自己魂归故里了是吗！什么月亮星星太阳的通道无限悠久久远茫惘！这都什么玩意儿！净将些莫名其妙的东西罗列在一起！所以才会衍生出，灵魂伴风行走在无涯的天空！简直就是疯言疯语！话说回来，待这送葬的队伍到了该到的地方，吾等还要代表发胖绅士，为夏普的在天之灵献上一份悼词！这不是自相矛盾嘛！送葬的队伍马上就要到该到的地方了！献词就献词吧！届时，吾等就把这平日里的大嗓门多少搞得湿腻些，给他这样说：

　　列席葬礼的诸位先生们女士们！

　　威廉·夏普

　　乃是一位气性诗人！

　　据说在他荣耀的一生中

　　写就了三本，抑或是七本诗集，

　　悉数皆是

　　抽象名词罗列而成的高贵思想！

　　还有那位菲奥娜·麦克劳德小姐！哦，我亲爱的麦克劳德小姐！因为夏普的吝啬，吾等这许多年来终究没能触摸到小姐的半截眉毛！都怪夏普那个浑蛋，总是顾左右而言他，到头来竟未让吾等与麦克劳德小姐见上一面！真是何等强烈的嫉妒！亲爱的麦克劳德小姐！今时今日，你终于从夏普的嫉妒中解放出来，想必正自由自在地在某处土地上伸着懒腰吧！总之，女人这种生物，失去心爱之人的第二日，便可以餐饭不误！此乃吾等亲历千名女子后确立的亘古不变的哲理！那些个贱人，眼睛里虽然流着眼泪，嘴巴里却已经吃起了新碗碟里的饭食！吾等最亲爱的麦克劳德小姐！啊，你究竟在哪一方土地上等待着新的碗碟！啊，吾等的鼻子里，又一次，传来图坦卡蒙的香料气味！吾等不惜掘地三尺也势必要将你的身姿找寻出来！而后，该用何种香料铺地，吾等已经迷失在选择之中！谁让女人这种生物，每一个皆因体质不同而散发迥异的体香！啊！就因为夏普那平白无故的嫉妒，吾等至今都不知道麦克劳德小姐有着怎样的体香！嫉妒至此，世间可曾还有第二人！吾等无论如何不惜掘地三尺也一定要把麦克劳德小姐寻出来！虽然她在诗的层面，与夏普一样成天絮叨些云啊雾啊，可若真的掘地三尺将她找寻出来，保不定反倒有一副意想不到的肉体！传言说，她写给夏普的情书，有一些与她的诗境截然相反，分外炽烈燃情！没错，就该这样！想必这麦克劳德小姐一定不是什么云啊雾啊的柳腰女子！听说近来在那东洋的什么地方建起了一座怪异的医院！那里的一介医师幸田当八在报告里云，柳腰女子写的诗反倒脂肥玉润，而腰身肥硕的女人写的诗却如同丝缕青烟！这理论真是何等伟大！吾等终于要不惜掘地三尺寻出麦克劳德小姐的身姿了！

就这样，静静的送葬队列，载着各式各样的心思，朝该去的地方流淌而去。然而，关于菲奥娜·麦克劳德身居何处，人们却都料想错了。如今，她正在那不为人知的地方，在威廉·夏普的尸骸里，化作一个不具肉身的死者横卧着，接受着不为人知的送葬。菲奥娜·麦克劳德，本就是个虚幻的女诗人，是诗人夏普的"分心"塑造出来的没有肉体的女诗人，所以此刻，她已与心爱的夏普一起消匿于这片大地。不过在世时，二人以情书互诉衷肠，却是无可置疑的事实。当"分心"诗人威廉·夏普的心是男人时，便拿起夏普的笔给心爱的麦克劳德写情书；而当诗人的心变作女人时，则拿起麦克劳德的笔给心爱的夏普写情书。关于此种往来，之后再过些年月，想必会出现一位心理医生给之冠上"托培尔根格尔"*这般晦涩的名字，以此剖析夏普的灵魂。或者，说不定，会有那么一个住在东洋阁楼小屋里的飘忽无常的女诗人，心血来潮地，循着她飘忽无常的诗境，用她那简陋的笔来书写这位异域和水晶的女诗人。心理医生，还有诗人。真是何等亵渎的一群人。无论哪个时代，他们在厄洛斯与缪斯的神的领地，总是一味施加负面效应。他们越是行动，恐怕威廉·夏普生前居住的神秘世界便越是会分崩离析。

　　——蟋蟀小姐阅读的古风故事到此处便结束了。

　　图书馆偏离普通街区，坐落在多少更靠近苍

---

* 德语"Doppelgänger"，自像幻视，指自己看见自己的幻影。

穹的山上。整座建筑罩着一层灰色。在蟋蟀小姐看来，此栋建筑的风貌如同一只任性善变的火鸡——太阳照耀下是一座神气活现的亮色象牙塔，下过雨之后则会变成殊为引人亲近的暗色。在雨中暗沉下来的灰色，对于因药粉而萎靡疲累的大脑，也不会锤击得过于猛烈。

话虽如此，可这位捕获蟋蟀小姐芳心的威廉·夏普先生，在这座图书馆建筑里，却是个存在感殊为薄弱的诗人。尽管已经查阅数日，蟋蟀小姐的笔记本，却全然不曾丰富起来。于是蟋蟀小姐朝来暮去陷入深深的悲愁，在笔记本空空旷旷的空白处画下心头飘来荡去的种种云朵的残片。她在阅读庞大的文学史读到一半时停下了（因为蟋蟀小姐悲伤地发现，文学史的体系越是浩繁，作者对蟋蟀小姐正在搜寻的此位诗人越是只字不提），进而思索起文学史家的品位。而后我们这故事的女主人公，沉默得像一株植物，开始毫无效用地杀起了时间。她的此种行为无助于地球上的任何一个人。

基于前边提到的此般种种，蟋蟀小姐关于夏普先生的笔记极度贫乏。终于，在蟋蟀小姐捧起的不知第几册文学史上，附了这样一篇能给她的哀愁一个回应的序文：

最末须申明一点，此出版书店的主人抱有一种高贵的思想，他对吾等明言：但凡那些不健康的文学，那些罹患神经症的文学等，一行字都不予出版。为此，吾等不得不从备下的稿件中删去两三名会令书店主人嫌恶的诗人。在此谨列出本次割爱的诗人之名，以慰吾等之心。以下排名不分先后："思考的芦苇集团"三人，"黄色神经派"数人，"可卡因后期派"所有人。奥斯卡·王尔德，因其离经叛道。威廉·夏普，因其一有机会便化身女子，迷惑世人。

可此般序文于蟋蟀小姐又有何用？不过就是让脑袋疼得更厉害而已。人在悲伤或失望之际，平日里的病灶便会愈发增重吧。出于这个缘故，蟋蟀小姐不得不跌跌撞撞走出阅览室，去到地下室昏暗的空气里。

蟋蟀小姐走下紧窄的石阶，转入右手边的廊道。右边是一条室内地下街道，有两三家小店。往左走，身体不由自主进了妇人食堂。只要不是吃饭时间，此地总是静悄悄的，昏暗的空气凝滞不动。更妙的是，还为蟋蟀小姐常备了冲药粉的白开水。白开水从大大的热水器中源源不断地涌出，经窗户上稀薄的光一照，灰蒙蒙一片。蟋蟀小姐服下旧手包里的药粉。别人应该都看见了吧。这房间里的空气真是老旧得可以。窗玻璃的另一边，地下室外的庭院里，五月细雨迷蒙。此种时候，人类这种生物，要么高声吼唱，要么找人聊天，要么就会想吃一个面包。我们这故事的女主人公，平日住在租赁房，有着这样的经历，自然很是清楚人类的这种心思。所以这一刻，蟋蟀小姐思量着至少弄个面包啃啃。恰在此时，地下室的角落，响起一阵削铅笔的声音。在地下室一角最浓重的昏暗里，一位客人先到一步。蟋蟀小姐，一丝疑念都未起，坚信对方正是背诵产婆学的那位。这对蟋蟀小姐来说恰是一个合适的交谈对象。可对方，没有半点要接受蟋蟀小姐问候的迹象，只是一门心思、片刻不停地闷头学习。曾有相当长的一段时间，蟋蟀小姐并不知悉对方的存在，而比这更长的是，看样子对方到现在都未曾注意到她。这可真叫人伤心。无奈之下，蟋蟀小姐走出食堂去了面包房。

"给我一根麻花面包。"

几乎快忘记如何与人说话的蟋蟀小姐，从喉咙里吐出一串冰冷的声音。面包房的女孩略微一愣，抬眼看看蟋蟀小姐，递上了装在袋子里的面包。

蟋蟀小姐在食堂里啃掉半根麻花面包，关于她内心的色调，我们无话可说。她一心专注于那根面包。先前那会儿因为那篇文学史序文而遭受重击的事实，似乎也已忘在了脑后。面包吃得差不多时，蟋蟀小姐啃食的动作变得极度缓慢，紧接着，她一边兴致缺缺地舔着巧克力馅料，一边主动向对面角落里的那位发起一场不出声的对话：

"你好，产婆学，真的，特别难吗？"

然而，对方依然没完没了地伏在那些要背诵的东西上，无论多久皆是同一个姿势。蟋蟀小姐隔开两张餐桌，朝着对方昏暗的额头，又送去最后一段不动用声音的话语："热心学习的未亡人（面对这黑黑瘦瘦的对象，蟋蟀小姐除此以外想不出旁的称呼），等秋日差不多到来时，希望你已经成为一名产婆。愿你那时踩着黎明破晓前的蟋蟀，日日早晨生意兴隆。若我嘴里真蹦出'蟋蟀'这么一个词，你大抵会笑话我吧。可是，我要用很小很小的声音跟你说说我的心里话。我这个人，一整年，皆会在意蟋蟀之类的东西。就因为这样，我一年到头，全在思考那些无用的事情。可就算是这样的思考，终究还是，需要面包。因为这样，我一整年，都不得不用电报惊扰我的阿母。书信啊明信片什么的，既费事又叫人难为情。我阿母住在乡下。未亡人，你也有母亲吧？啊，愿她长命百岁。不过，未亡人，不论在哪个时代，母亲似乎都不是一个好差事呢。女儿脑袋得了病，阿母会患上好几倍的心病。唉，菲奥娜·麦克劳德！你作为一个女诗人活着的那会儿，难道就不曾想过，向科学家提出这样一个要求——找到吸入霞霭便可延续人生命的办法？我一整年皆在渴盼。我只是，不愿再一次一次'面包！面包！面包！'地吵扰下去了。"

地下室食堂已是傍晚。

（一九三二年七月）

安东地下室的一个夜晚

（摘自幸田当八的游历笔记）

内心愉悦则渴求苦涩之诗，内心苦涩则追逐欢愉之梦。此系逆反性分裂心理。

（摘自土田九作的诗稿《天上、地上、地下》）

天空中，除去太阳、月亮和它们的轨道种种，还有云。雨的源头想必也在那里。层云这东西，有时会让人心变得惆怅，但那半点都不是层云的过错。过错，恐怕只在人心，是人的心连层云褶皱的夹缝都不曾放过，试图从中寻觅哀伤的种子。

从太阳、月亮、它们的轨道和云那些东西那里略往下降，有火葬场的烟。还有，北风。南风。

入夜后，火葬场烟囱的背后，直勾勾地连上星星。其间没有任何乌七八糟的东西。直勾勾地连上星星的地球，实在是个殊为奇怪的地方。若是让肉眼偏离水平略微往上，那里已是没有了五味的所在。吹北风时，火葬场的烟被刮向南边，吹南风的傍晚，烟则向北，木呆呆地移动。仿似那烟磨磨蹭蹭在走路一般，简直慢吞吞急死人。那速度就跟我的笔速差不多。吹北风的日子脑袋多少清醒些，吹南风的日子就没有那般清醒。脑袋内壁前后左右，总有钝钝的耳鸣在絮叨，无休无止。这脑袋真是何等愚笨。南风一旦吹起，便不得不左左右右摇晃几次。小幅震动四五下之后，才终于确定肩膀上边确实顶着一个脑袋。

零星分布于天空中的大抵便是上述这些物件。不过，这些零星分布之物决计不会碰撞到一起。即便碰撞，也皆是因为人的加入。就比如我这耳鸣，因为有人的脑袋在此处接受南风的吹拂，所以才会触发耳鸣。若独有南风自己在空中静静吹，想必脑袋内壁如此这般的絮叨是决计不会出现的——天空中的世界总是那般安安静静。

而地上，许多时候，看起来决然不像天空中

那般安静。形形色色的事物一刻不停地碰撞在一起。

　　首先，我自己便居住在这地上。此事无可辩驳。不能因为我时时刻刻都窝在房里，便将我看作是烟尘那般的东西。虽然有时我不得不摇一摇脑袋，确认一下脑袋的所在，但是，此时此刻，我，就像这般，在吐纳气息。我的心脏确实有个怪毛病，在我思考一些东西思考得过头的时候会因其而苦闷，动不动便要停一停，但多数时候它仍能敲击出准确的脉搏。偶有一些时刻，写不出好诗恍恍惚惚陷入沉思之际，我确实，会让垂在书桌对面的那块遮阳用的包袱布将我的精神吸将进去，一时间区分不出究竟包袱布是我，抑或我是包袱布。可即便那样，转瞬之间，我那颗心，便会从一块包袱布中分离出来归返自身，且归返得极度彻底。关于这份彻底，恐怕任何人都没有资格质疑，无论是动物学家松木，还是他那位夫人。他们二人对我总是百般曲解，从不愿正确理解我。我私底下一直心怀不满。想必动物学家不论走到哪里终究是个动物学家，只能理解诸如蝌蚪系青蛙所生之类的事情。而我却知晓，蝌蚪的源头乃是青蛙之卵，在与云相连的寒天的住所中，如痣一般零星分布，无穷无尽。无论从哪一处切下三十毫米，皆不过是细碎的萨摩织物 * 的模样。这世界未免整除得太过干净。所谓动物学家的世界，归根结底必定整除得过于干净，转眼便会陷入矫饰主义†。总而言之，我的居所与松木的动物学实验室，虽说同为地上的两个房间，但不存在任何因缘。在我这房中，哪怕是一块遮阳用的包袱布，都依然有着丝缕灵魂。而在动物学实验室里，不论是蝌蚪的灵魂，还是潜伏于试管内壁上的灵魂，所有那一切，难道不都在接二连三地被赶尽杀绝？我悲从中来。可那松木，每每杀掉一个灵魂，其著述便会增殖一部。《论山羊在泡桐花期的食欲》《关于变色龙的生命》《论貘与梦的关联》《猛犸象与人类与阿米巴原虫》《析电影散发的动物性》《季节更替时，桂花绽放的夜晚，一瓶蝌蚪，会给一颗心脏带来怎样的变化》——啊，松木的那些动物学著述，书脊上的文字多得我

---

* 日本最高级的纯棉织物，手感酷似丝绸。

† Mannerism，也被译作风格主义或样式主义，始于十六世纪文艺复兴中后期的美术派系，追求形式的保守，是介于文艺复兴与巴洛克风格之间的短暂的过渡风格。

已记不住。他每增殖一部著述，便会往实验室的墙边摞上一部。想必那摞书如今已经顶上了天花板。而我却连一部诗集都不曾有。这问题真是何等严重。或可说两相矛盾。我除去几册手书诗集，便不再拥有诗集这样的东西。

何为手书诗集？乃是这世上仅此一册，再无副本的诗集。因为仅此一册，所以读者也仅此一人。且作者与读者，常为同一人。

在这手书诗集的封面上，常年积淀着作者居所的灰尘，而那诗页里边，朝来暮往，常年被喷吐上仅此一人的读者的气息。至于那气息的颜色，独有神明知晓。

松木那些著述里，唯独一部与我有那么一点点关联。那便是"季节更替时，桂花绽放的夜晚"云云那部。此书脊上的文字实在够长：

季节更替时

桂花绽放的夜晚

一瓶蝌蚪

会给一颗心脏带来怎样的变化

读到此书名，我差一点点，便要以为动物学家松木乃是一位抒情诗人。然而，因为我过去从未读过松木那些著述的内里（为什么不读？因为他从世间万物中丝缕不留地去除了灵魂，将那余下的残骸不是放进试管蒸煮，便是用勺子舀捞，再就是放在秤上称量。因为他那几十部著述便是如此这般炮制而来。比起读那样的书，我必须思考那无数个被动物学家去除的灵魂究竟去往了何方），所以，松木那些动物学，我连一纸书页都不曾翻阅。我不知道在泡桐花开的时期，山羊会产生何种食欲；也不知道变色龙在这世上可以保有多少年的生命。

好了，看这样子，我这思想，总要七弯八绕地去遛一遛弯，真不叫人省心。人这动物就是这个样子，想要坦白一件事，便会絮絮叨叨咕哝上一堆别的事情。简直麻烦透顶。总而言之，我只需要就松木写的那部《桂花绽放的夜晚》坦白一件事便可。要做的仅此而已，简单至极。好了，那一晚，究竟是，怎样的一个夜晚？那位动物学家，难道不正是，用他那部著述的书名，一语道破了我的心境吗？蓦然间，冒出一个念头：难道松木并非动物学家，而是一位心理透视学家？我很是怀疑。越是怀疑，便越发觉着这家伙是个怪物。平日里这家伙总是一副镇定自若的样子，长了一张没有七情六欲的脸。他这般的人，遇上地震，心跳决计纹丝不乱。那根本就是不死鸟的心脏。单只想到这一点，我这心跳都忍不住要加速。想我就算转世轮回投胎七次，也不可能拥有一颗像松木那般的心脏。啊，松木！我决定不再隐瞒。就因为对你隐而不告，我这心脏，正一点一点，被死死绞住，愈加痛苦。每一分，不，每一秒。松木！我向你坦白。我的内心，正如你著述的名字所描述的。你说得没错，正是季节更替时，桂花绽放的夜晚，一瓶蝌蚪，给我的心脏带来了变化。事情是这样的。那段日子，我渴望写一首蝌蚪的诗。发自内心地渴望着。从梅雨入夏，再由夏入秋，我在那二楼的租赁房里，一门心思只念叨着蝌蚪。蝌蚪，当泡桐花盛开时，它们出现在地面。它们出现在地面时，天空是梅雨的天空。天上也好地上也罢，皆是灰蒙蒙一片，连脑筋的转动都成了钝角。此般季节，人不免陷入纠结：是用刀呢，还是用结晶体，抑或用瓦斯，再不然就找一根特别牢靠的麻绳？不过，倒也不是说这些工具已悉数买齐放在了手边。纠结来纠结去，夏日来临，落日肆无忌惮，从我的窗外侵入房间。周遭一旦热得不行，人会暂时，歇一歇死的念头。可即便停歇，也不意味着便能写出蝌蚪的诗作。之后，便迎来了秋天。

桂花在秋天绽放，将人拽入凉凉的厌世感。乃是那种喉咙深处都会变凉的厌世感。吹来的风似能让我写出蝌蚪的诗作来。火葬场的烟，自然在北风的吹刮下向南飘飞。如此这般的夜晚，就在我正欲动笔写一首蝌蚪的诗作时，松木给我送来了人工孵化的蝌蚪。使者，乃是外婆家的孙女小野町子。

我说松木，那一夜你所做的一切，桩桩件件皆以失败告终。你可知道，提笔要为蝌蚪写诗的人，一旦看见真实的蝌蚪，便写不出诗来了。当小野町子将那不属于这个季节的生物放在我书桌上的一刹那，我便写不出蝌蚪的诗了。我必须大声澄清。我并非所谓的实验派。我乃别的什么。我恋爱时作不出恋爱的诗作，不恋爱的时候，反倒能写出缠绵缱绻的情诗。若真想让我成为抒情诗人，便不要往我的住处遣一个女孩子来当使者。可现实却是，松木偏偏往我的住处遣来了一个神思郁结的女孩。

于是我打消创作蝌蚪诗作的念头，反倒一头撞向了恋爱。啊，松木啊松木，事情怎就变成了这样！

送蝌蚪的使者小野町子，一看便知是个失了恋的人。失恋之人的叹息，极其微眇。正因微眇所以才一点一点囚住了我的心绪。也正因为一点一点囚住了我的心绪，所以我，才会屡次三番将这女孩遣去药房替我跑腿。刚好我那抽屉里边，几种日用药品一个接一个地断了货。我这个人，素来不喜让这厢刚刚萌生恋意的女孩待在我身边。因为她越是待在我身边，真正的恋情便越会萌出芽来。而若真萌了芽，那么我，便再也写不出恋爱的诗了。

松木啊，我现在，有些疲累。大凡在做了一些坦白之后，人都会感到疲累而惆怅。我们长话短说。小野町子她，走了好几遭药房。她每每买完药回到我的住处，便会吐出几声叹息。失恋的女孩，就像只剩一只的手套。若人的身边，来了这样一个女孩……不过，从女孩的角度说，她从未想过自己身边竟会有这么个家伙。面对从未想过身边会有这么个家伙的女孩子，我所能做的便是为小野町子写一首诗。一首类似"你若失恋便吹吹风。风会为你吹净悲伤的心灵"这样的诗。

小野町子将那首诗折了又折，叠成八分之一或十六分之一大，塞进她那件带衬里的和服袖袋，而后便在风中归去了。我不知道那一夜的风是否替我吹净了町子的失恋。为何不知？因为那一夜过后我再未见过小野町子。不过，我在没有了町子的房中，定定看着町子拿来的那一瓶蝌蚪，看了许久。对着小小的动物盯上许久，正是人开始恋爱的征兆。透过瓶壁，秋天的蝌蚪看上去有的缩成黑黑的芝麻，有的展成黑色的茶匙。不过，不论蜷缩还是舒展，这些蝌蚪无一例外陷入了单相思。人的眼睛，一旦从小动物的身上看出七情六欲，便无可救药了。这恰恰证明在看这些单相思的蝌蚪的人，也同样陷入了单相思。此乃人的心脏状态对动物心脏的移情作用。如此一来，动物的心脏状态又会折返回人身上。这属于心理活动的领地，松木之流的动物学家决计不会关心探讨。你若想笑话我，随时随地悉听尊便。听闻有一次，松木读了我那首"乌鸦是白色"的诗后勃然大怒，可白色的东西无论去到哪里皆为白色。唉，若要说乌鸦这种动物映入人的肉眼时浑身上下乌漆墨黑，这一点我两岁时便已知晓。然而，人的心不可能永远只有两岁。

永远只有两岁的唯有动物学家。更何况，人的肉眼，在宇宙无穷无尽且各式各样的眼睛里，不过仅是其中的一种，不是吗？

啊，我莫名有种冲动，想出门揍松木一拳。真想揍那家伙。对准脑袋来上一拳。一拳过后，那动物学家眼睛的角度，或许会稍稍偏向正确的方向。一拳过后，松木说不定也会开始做一些诸如"阈下*动物心理学"之类善解人意的动物学研究。一拳过后，他应该不会再对我创作的乌鸦的诗勃然动怒，也不会再送什么人工蝌蚪，做这些多管闲事、多此一举的事情。真想出门揍他一拳再回来。绚烂壮丽地来上一拳。拳头这东西，结结实实地请对方吃，且仅吃一下，效果最佳。对付这等家伙，想必那么一下足以让他领悟我的态度。我自出生到现在，还从未体验过这样的拳头。我的拳头，总在我的心中，从未挥击到他人的脑袋上。我的拳头任何时候皆为意念中的拳头。今日时机大好，去给那动物学家来上一拳。没有理由。走下十一级楼梯，走过楼下空房，再步行二十七分钟，

---

* 指意识阈之下。意识阈是意识与无意识之间的界限。

而后我这身体便能抵达动物学家的家中，狠绝惨烈地请他吃上一拳。经此一拳，动物学家马上便能领受我的启蒙，醒悟到还有"阈下动物心理学"这一立场，正是如此。如此一来，地球上，便会诞生出一个前所未有、精彩绝伦的动物世界。大象饱受双重人格的折磨。原本成双成对飞渡日本的南洋鸭，在航海路上失去了Frau*备感落寞。球鸡从墙缝里窥见了隔壁的斗牛犬，不由嘟哝：啊，我这身体里流淌的血液究竟来自何种祖先？蟋蟀大脑疲劳，一个劲地摇头晃脑。处方便是：苦味酊剂两茶匙、溴化钾一茶匙、强碳酸水，以及水。还有那蜻蜓，近日治好了让它心情抑郁的虫病†，据说奋笔疾书写下一堆喜剧。——什么都别想阻拦我，必须出门揍松木一拳。可就是……松木夫人，到底，让我发怵。这位夫人一年四季皆很在意我的服装。有一次我登门拜访，裤子约略破了一点，可这位夫人却坚信我的裤子破了一米半。我的身高换算成米，大抵一米七。松木的换算成米，大抵一米

---

* 德语，意指妻子。
† 日本过去有一种观念认为，人情绪低落乃是体内有寄生虫所致。

六。松木夫人竟罔顾此般事实，取走我破损的裤子，换给我松木的冬裤将我打发回住处。这成何体统！二十七分钟的路程，我，夏装配冬裤，鞋裤之间还开了一道零点一五米的空隙。这一路走得何许凄惨。未及二十分钟我便走完这一程，逃回了自己的住处。不仅如此，之后过了许久夫人都未将我的裤子物归原主。那几十天，我曾有两次不得不出门办事，结果两次皆只能将出门时间从白天推迟到夜晚。而等那条夏裤修补完毕，已是晚秋。

后来松木夫人又在我穿着秋日的浴衣时，问我为何要穿这身破绳索似的东西，说什么讲虚礼也该有个限度，并取出动物学家的和服棉袍硬塞给我。可我穿秋日的浴衣绝非出于虚礼。动物学家的棉袍，横向上非常肥大。而我那件浴衣直到第二年夏天才回到我身边，且送来时已变得相当洁净。可是这洁净得好似武士礼服般的衣服，又能给我带来什么样的思考？我只觉衣服仿佛不辞而别离我远去，大脑彻底停止了运转。这简直比夏装配冬裤更为凄惨。

松木夫人与我的关系如上所述，总也合不到一起。夫人的嗜好与我的嗜好总是背道而驰。虽说夫人与我，依照地上的约定俗成是为姐弟，但动物学家的夫人于我而言，可不就是一位奇迹般的姐姐。

照此看来，去揍动物学家既能挽救我的运动不足，又可以给动物心理界开拓新的疆域。除此以外，我还想到一点。借着在松木脑袋上狠绝惨烈地来上一拳的亢奋，我说不定，可以把小野町子忘到脑后。若真是如此，我的心脏，便可以痛痛快快，来个清凉爽利。然而此刻，总有什么在阻拦我。这似云非云的心灵碎片，究竟是何物？

啊，果不其然，松木此人，决计不能等闲视之。我越想越觉着，这家伙不是什么动物学家，而是心理透视学家。真是何等可怕，这家伙早已洞悉，蝌蚪那一夜过后，我爱上了一个女孩。否则，他又怎么可能写下《一瓶蝌蚪会给一颗心脏带来怎样的变化》这样一本书？啊，松木啊松木，正如你所料。就在那一天，我爱上了一个女孩。然而，爱情这东西，是一根硕大的昆虫针。那针已将我钉死在榻榻米上。我的房间就如同一只标本箱。而我就在这箱子里，胡思乱想。那一夜因为别的某个人而失恋、叹出无数口气的小野町子，是否已经愈合失恋的创伤？抑或是……

不，我已经相当疲惫，还是不要再继续想下去。若再继续，想着想着，便会觉着女孩子尚未愈合失恋的创伤，而我，必然会陷入感伤。

地上有的，大抵便是上述这些事物。至此，剩下的唯有地下的问题。关于这一问题，我想尽我所能进行一些愉快的观察与思考。为何这么说？因为某位医生不也在他号称游历笔记的本子里写过，"内心愉悦则渴求苦涩之诗，内心苦涩则追逐欢愉之梦"？

我甚为赞同这本子上的话。此乃一种乖戾抵触心理，借用晦涩的说法，可称之为逆反性分裂心理。人都说这般心理状态，末了必须住到心理医院去。唬谁呢！若真有那般医生找上门来，强制命我住院，我便找个地下室逃下去。万一被逮个正着，我必定要告诉那些家伙："世上再没有任何人比心理医生更加自以为是。就因为你们自说自话发明了一堆稀奇古怪的心理疾病，所以才跟着出现了那些病人。如果非要将我们这些人送进医院，你们这些心理医生应该先一个不留地住进医院去！"

总之，我对"内心苦涩则追逐欢愉之梦"这

样的处境不由自主地感到赞同。我因为小野町子坠入爱河。而小野町子因为别的什么人陷入了失恋。这岂不正是缠结错乱的苦涩状况？！在此我要对心理医生的法则略作补充："地上苦涩则去往地下追逐欢愉之梦。"

这样说来，何为地下？

地下电车——不过是电车行驶在温暾暾的空气里，作为交通工具毫不彻底。恐怕也就松木夫妇那些个人才会浑浑噩噩去坐这种东西。

地下水——说是在黑漆漆的地方无声流淌的水。总感觉与我的恋爱处境颇为相似，令我悲从中来。

地下室——哦，我在内心，渴求着一间无与伦比的地下室。一间房门的声音无比飒爽的地下室。我，将忘却地上的一切下到那里。过去曾有位医生，名曰安东·契诃夫，住在某国的黄昏期，但据说，他的脸上总也挂着微笑。但愿我那间地下室的房门，便如同那医生的表情。安东地下室。我要去往那里。比起去揍动物学家，我远远幸福得多。

（摘自动物学家松木的备忘日志）

予近日在研究家猪的鼻子。予的手法从细枝到末节皆遵从实证原理。予从不认为家猪的鼻尖与一片面包之间存在所谓灵魂的交流。那是灵魂诗人土田九作等人从事的高贵工作，和予等毫不相干。这都什么痴言梦语，简直无药可救。

罢了，进入正题，予等的研究需要使用以下材料：

一、一棵粗壮的树（结结实实扎根在地上、活着的树。且无论家猪如何拉扯，皆不会晃动一片树叶）

二、一根麻绳

三、一头家猪

四、一片面包

五、量尺　听心器　秤

予先用麻绳将家猪的右后腿与树绑作一条直线。被绑的动物以一种极度慵懒的态度陷入了苦恼，试图朝着与树正相反的方向离去。在家猪想要离去的方向上，有一座山坡，山坡上四棵杉树排成队列，杉树前方还有云和其他一些东西。此时，予用听心器听了听家猪的心脏状态。予这只动物对前方山坡生发出一股浓浓的乡愁，且被捆绑的后腿极度渴望自由。

然而，予还不能放家猪自由。于是家猪便以树为中心，一面画着旋涡一面开始倒退。在地上休息。此时，予这只动物的心脏状态出人意料地平静。家猪乃是一种不会为倒退而感到悲愁的动物。如此想来，认为野猪系家猪进化而来的进化论纯属浪漫科学家的感官倒错，反倒是家猪系野猪倒退而生的看法，更符合实证原理。

言归正传，家猪在地上休息，在距离其鼻尖一厘米处，予在草地上放置了一片面包。故而草绿面包白。家猪的鼻子乃是褪了色的玫瑰色。那鼻子，朝白色面包呈一条直线伸了过来——准确地说，恰好伸长一厘米。备下的量尺在此种时候相当有意义。土田九作受他那黄系思想荼毒，似乎极度嫌恶听心器、量尺和秤之类的物品，而予等实证派若没了量尺，便无以开展动物学研究。

其后，予改变了面包的位置，再次从家猪鼻尖挪开一厘米。家猪的鼻子又伸了过来——再一次，不多不少正好伸长一厘米。

可以认为，家猪的鼻子具备上述属性。

而后予等时而用秤，时而举起听心器，一点一点逐步完成此项研究。

打住打住，予在这备忘日志的纸页上写了一堆论文里才会写的东西。这分明就是土田九作写诗时会犯的错误。看来这动物鼻子的研究，也让予大脑极度疲劳。赶紧将脑袋摇上两三下试试。

以下才是今日份日志。

不管怎么说，今晚，隐隐感觉是个非实证的夜晚。此般夜晚土田九作必然在埋头写他那些诗作，真是冥顽不灵。不过有一件事予一直在期盼，盼着九作能完成那首蝌蚪的诗。予曾向土田九作的住处送过一瓶蝌蚪。使者乃是外婆家的小孙女。目的，正是让九作写下忠于实物的诗，哪怕一首也好。予在内心期许。虽然其后九作一次都未曾在予家中露面，但今天这一晚，说不定天降红运，兴许能完成一首严丝合缝的实证诗来。

不过，总觉着今晚有些古怪。九作的住处动不动便会扰动予的神经。决定了，予要出门过去看看。

劳筋动骨总算到了土田九作的住处。楼下是间空屋，漆黑一片。据予妻云，九作单独租下了此栋房子的二楼。楼下要么不停换住户，要么不停地空着。予此刻没有工夫细细思索个中缘由。

我的天，世上怎会有这般伤心啜泣着的楼梯。予这辈子，从未踩过这样的楼梯。房间里亮着灯，几星光亮漏到了楼梯上。

劳筋动骨总算进到了房间里。土田九作不在房中。这灯，光线极暗太不健康。总感觉就连予都快要被神经症附体。赶紧将这灯座上的灯罩摘了。

桌上摊着写诗的本子。予怕是责无旁贷，必须检视九作近段时间的诗情诗境。

我的天，这都是什么胡言乱语。土田九作他，居然认为予的学说不值一提。这是什么世纪末日！他还写，一旦看见真实的蝌蚪便写不出蝌蚪的诗了。这形而上的奴仆！说什么爱上了一个女孩，因为坠入爱河所以无法接吻。简直就是植物！还写着要来揍我。天哪，你让予如何济度此般思想。也罢，现在这会儿，土田九作应该已经到予家中，想必正在搜寻予。予这就折返回去，将这痴想的诗人结结实实揍上一顿。万一九作的拳头赢了，也好，予就如他预言，彻彻底底变成一个研究动物异常心理的学者。但若是予的拳头赢了，予必将一击之下，叫这苍白的灵魂诗人转向实证派。这恐怕会是一场异样的决斗。

不过，予还是先把最末这些读完吧。这本子就其蠢劲而言颇有魅力。

嗬，究竟是什么不按常理出牌的人。末了居然出现地下哲学，嘟哝什么比起拳头还是遁入地下室更加幸福。安东地下室。听来是个让人愉快的地方。予也渐渐被这地下室勾去了心魂。走，看看去。

（地下室）

这房间里的一个夜晚，没有什么复杂难懂的交谈规矩，也没有所谓的恋爱心理法则。为何没有？因为正如大家所察知，此处乃是一个诗人用自己的心造出来的房间。而我们，私底下一直相信——人的心宏阔无边。正因为如此，我们不愿，对这房间的大小、墙壁的颜色等诸般细节逐一加以限制。房间不大不小，墙壁乃是一种静谧的色彩。

松木来到这房间时，心理学徒幸田当八，恰好结束他漫长的游历刚刚归来，已先一步坐在了椅子上。他的游历乃是一场研究之旅，随身带着一大摞戏剧全集，每到一处便找人诵读这些戏剧，诵读完了也便归来了。想必人的声音与发声的方式里暗含着某种东西，可以给他们这一派的心理学带来某些启迪。

松木也在一张椅子上坐下："真是一个美好的夜晚。心理研究之旅还顺利吗？是不是有这样那样稀奇古怪的东西？"

幸田放下带回的笔记："是个美好的夜晚。旅行非常愉快。我这本游历笔记内容相当丰富。先生的研究如何，是不是也诸事顺畅？"

"绝无半点滞塞。在动物学的前景中，未开垦的地域连绵不绝漫无边际。予近日在研究家猪的鼻子。"

"我们这边似乎也相当忙碌。心理疾病，只见增多不见减少。我这笔记都快记不下了。家猪的鼻子有何效用？"

"会伸长。可以伸得很长。土田九作说要到这里来，人还未到吗？"

"不会有人来的。家猪的鼻子可以伸多长？"

"首先能伸长一厘米。可是九作比我更早离开他的住处。"

"可能在半道上迷路了吧，其次呢？"

“其次又伸长一厘米。接着还伸长了一厘米。土田九作竟会迷路，这可真是……”

恰在此时，地下室的门“怦怦”打开了，那声音异常轻快、飒爽，反映出土田九作的心也同样飒爽，毕竟这里已是安东地下室的领地。土田九作，踩着宽大的楼梯，一级一级，缓步而下。统共十一级。人这种动物，在自身情绪极度悲伤之时，以及心飒爽得一片空白的时候，能够知晓楼梯的级数。

土田九作在最后一张椅子上落了座：“晚上好。我在半道上，被风吹到了这里。让小野町子陷入失恋的，就是你吗？”

幸田做了答复。（松木似要将他自己的背靠到椅背上，未曾加入这场恋爱对话。他抽起烟来。烟雾从他脸上笔直升起二尺来高，随后飘到幸田当八的背上。地下室里温度凉爽。）幸田答道：“这是一个美妙的夜晚。吹了外面的风感觉如何？你说得没错，有很大概率，让小野町子陷入失恋的正是我。”

“我吹了外面的风，殊为愉快。此刻，我感觉，几乎已经忘记那个女孩。我的心脏踮脚挺胸。感觉变成了许久不曾有过的菱形。幸田，你来说说，我们三人这形状如何？”

"是三角形呢。三个人中，任意两人都不成一组，这便是三角形。土田九作，你难道不觉得今晚回到住处后，可以重新做回一个诗人吗？"

"我从刚才起便有这种感觉。与心理医生度过一个夜晚后，果然，我的心脏自顾自变得松快了。"

"倒也未必是我的缘故。毕竟这里是安东地下室。一个飒爽的夜晚。"

（一九三二年八月）

步

行

斯人面影欲忘难忘

心头一阵悲惘

孤身独步

且将思念抛置荒野

斯人面影欲忘难忘

心头一阵煎熬

与风漫步

且将面影寄于风中

（作者不详）

傍晚时分，我出了阁楼小屋孤身一人走在路

上，为的不正是忘掉幸田当八的面影吗？！天空中有云。野地里傍晚的风在吹。可是，我虽与风一道漫步同行，却不见这吹过野地的风从我心头带走幸田哥哥的面影，反倒愈发似在将当八哥哥的面影吹进我的心里。于是，在走出相当一段距离后，我在风中停了步，思忖着索性还是回到阁楼小屋里去吧。与其继续这场背离目的的步行，我倒不如还是将自己关在那阁楼小屋里，思念我的幸田哥哥来得更好些。明明想要忘却一个人的面影，可那面影一旦放到这云飘风吟的景色里来，只会叫人愈发忘不掉。我走下野地里的斜坡开始往回走，来路上吹着我面庞的风，此刻正在吹刮我的后背。而当风吹刮人的后背时，莫非会将人颓唐失落的心情吹得愈加惆怅？待我走回到家门口时，我愈发思恋起幸田哥哥的面影来。

房子外边，遮雨拉板和格窗还未拉起，而房子里边，祖母正嘴里嘟嘟囔囔，自言自语着叠我的衣物。我的衣物不外乎夏用凉裙、和服单衣、法兰绒的衣物，以及腰带。因我的懒惰，这些物件一直都一件贴一件地吊挂在阁楼小屋的墙壁上。

祖母向着地炉里的灰堆掸了掸夏用凉裙肩膀

部分的灰尘（我的衣物皆沐浴在阁楼小屋的灰尘中），又将我那条用旧了的窄幅腰带摊在膝头撸平皱巴巴的褶子，她似乎一直都没有察觉到我已然站在自家檐廊的最外侧。且祖母她，嘴里还一刻不停地嘟哝着与我相关的诸般种种：我这孙女到底有没有顺顺利利地把萩团子*送到松木夫人家里头去呢？这会儿在松木夫人家里，松木、夫人，还有我孙女三个人，是不是正美滋滋地吃着那些个萩团子呢？我这心里头呀，总也放不下。又或者这会儿已经把萩团子当晚饭给吃了，我孙女正和松木夫人一道走在大街上，若是那样我便也放心了。在吃那些个萩团子的时候，料想松木夫人一定会注意到我这孙女缺乏运动，然后替我将孙女带出去运动运动吧。唉，想我这孙女最近这阵子实在缺乏运动缺得厉害，肯定是招惹上了叫人心情抑郁的虫子。看看她，成日窝在那阁楼上的杂物间里，半步不出。听人说，这叫人心情抑郁的虫子专会让神经累着，而那些个甜东西对神经正是一剂良药，

---

* 日本传统点心，也称萩饼，将糯米蒸熟并粗略捣碎后揉成团，外面裹上密密一层红豆沙、黄豆粉或黑芝麻做成。

比什么都管用。唉，但愿我这孙女能乖乖吃下几大颗萩团子，然后在今天晚上一口气走他个十里地才好……

之后祖母冲着我那件单衣的肩膀吹了吹气，那里留有阁楼小屋的钉痕，而后又对着法兰绒和服，左看右看打发起时间。我在檐廊外侧摇了摇忧郁的脑袋，再一次走出家门。我第一次离开家时手上已然提着一只多层食盒，裹在包袱布里。这物件按说早该送到松木夫人手上，可因着我心间的那些杂草，到现在都还未送过去。

这一日傍晚，祖母忽就心血来潮要做萩团子。而后紧赶慢赶做了出来，将十多个团子塞进食盒，命我送到松木夫人那边去。此命令乃是祖母精心筹谋的结果。近日来我在阁楼小屋里被囚困于一场思慕中，她意图让我出门运动一番（祖母深信我茶饭不思精神恍惚皆是缺乏运动所致）。我提着食盒走出家门没一会儿，便全然忘记了手里还有个食盒，满心满脑皆是幸田当八哥哥，就这样来到了野地里的斜坡，而后在那云飘风吟的景色里，我的心理终究变得愈加悲怆，最终折返回家。在此过程中，我到底是将这食盒忘得一干二净。

好了，二度离开家门的我不能再让心间生出杂草，必须直线抵达松木夫人那边。我断然不能再忘记这只食盒的分量。晚餐时间迫在眉睫。而我尚未用过晚餐。祖母未让我吃晚饭，而只给了我包裹好的食盒，便将我遣出家门。依着祖母快乐的想象，我首先应在松木夫人那边美滋滋地享用萩团子做晚餐，给神经补充营养，而后松木夫人还必须与缺乏运动的我一道，散步散上足足十里路。食盒里的萩团子们大抵身负着这般程度的使命。

我朝松木夫人的宅子走去，一路上十二万分地提防着不让自己迷走到野地那一边。然而，我终究，还是惦念着幸田当八哥哥，一次又一次几乎要忘却食盒的分量。每每如此，我便将左手的食盒换到右手，强逼自己专注于萩团子的重量。可我这右手重不过三十秒，我便已然又开始惦念起幸田当八哥哥来了。

说了这许多，关于这位如此这般摄住我心魂的幸田当八哥哥，我多少总该做一个交代。在我尚未搬进阁楼小屋的时候，某一日，我的哥哥小野一助给祖母寄来一张明信片，算是一封介绍信。明信片起首写道："孙儿在此特向祖母介绍一人，予任职之心理医院的医师、热心投身分裂心理研究的学徒幸田当八。"后续云："此次为广泛收集研究资料，当八忽生一念，意欲游访各地。予深信当八必能携回宝贵资料，以资予等在分裂心理学界开拓一片新疆域。予等数人昨夜设宴为当八饯行，别离在即杯盏相送，予多少似有几分醉意。其后当八于今日启程。过段时日想必也会去往祖母家中。或留宿数日。留宿期间想必诸般需要模特，望竭尽所能予以便宜。"

要让祖母理解小野一助明信片上的意思，这工作可真是劳神费力无比艰巨。好说歹说祖母似乎终于理解了我们家中要来客人这一层意思，可这"模特"又是何意？这个词的意思，到底是连我都不得解。我不禁小声咕哝起心中的疑问，祖母遂问："你那词典上也没有吗？"后又道："时代不同了，你那几个哥哥和那些小年轻，喜欢的好些东西都复杂得很，我们这些个人铁定闹不明白。你好好查查词典，查到闹明白为止。"

"模特这个词是画画的人用的，说的是给画做样本的人。可是，医生的模特这说法，就算词典上也不会有吧。"我答道。

"这可怎么是好。你说这模特就是做样本的人，那给大夫做样本的人——（祖母苦苦思索了片刻工夫）啊对了，给大夫做样本的就是病人，保管是这个没错。"

之后祖母便向着地炉里的灰堆叹出一口气，用很是惆怅的声音说道："若大夫的模特果真是病人，那这世上的模特只怕寻都寻不尽。你看这世上不到处都是病人吗？听人说那松木夫人的弟弟也是个药罐子，一天天药不停，还净写些奇奇怪怪的文章。想他应该也是脑袋得了病。前段日子，听说他刚写了一篇文章，说什么乌鸦是白的。我们家小野一助，还有这回要来的客人，他俩工作的医院，就专治这些脑袋呀心里得了病的人，给他们松松劲是吧？若这幸田当八大夫来了之后真要什么模特，头一个就让松木夫人的弟弟给他当模特去。"

不过此话题说到一半，祖母忽就忧心起房间问题。客人大驾光临后，该把哪个房间安排给这位幸田当八大夫做卧房呢？她开始操起心来："家里头那间客房，一到晚上房里的声音特别落寞，我担心客人怕是睡不着。这秋风的声音最是落寞了。"

祖母将我带至客房，命我站在房间中央，要我用这双灵光的耳朵替她仔细听听。于是，我便在耳朵深处，听见了最是落寞的秋风的声音。是邻家树篱的芭蕉树干在风中摇动的声音。

　　我正是在那一日迁移进阁楼小屋的。祖母与我思谋再三，最终决定将我的房间安排给客人做卧房。我的房间有二坪半大小，离邻家那棵芭蕉树多少略远些。

　　好了，且来说说我这新居。虽说比起旧居来，新居距离天空更近了那么一层楼，可却是一个极度昏暗的场所。因为我的新居里边，独有墙壁靠上的地方开了一扇小小的狐窗*。此处纯然就是屋顶下的一小片空隙，被我祖母日常用作杂物间，处在没有天花板的三角形房梁与没有榻榻米的木隔板之间，不过是块深度极浅的空间罢了。但话说回来，狐窗外边恰好有柿树枝压过来，所以我这新居里边，秋日的果物倒是颇为丰硕。

　　我透过狐木格†的间隙摘了柿子吃，边吃边陈

---

* 通风或采光用的极小的窗户。
† 里侧带有木板的木窗格，也可指网格呈正方形的木窗格。

设我的新住处。我几乎仅靠杂物间里的储藏品便完成了陈设。贴墙横卧着一只长木箱，恰好可以给人做卧榻，我在木箱子旁挂了一只岐阜灯笼代替电灯。我这只岐阜灯笼眼看便要沦为废品，灯体部分破损得厉害，不过这破损在某些时候亦会给我带来一些便宜。我若想熄灯却又被怠惰的天性驱使，只消从卧榻上对准灯笼的破损处吹送一口气便好，全然不用起身。如此一来，我吹送的气息，恰好可以越过岐阜灯笼的骨架直接将灯熄灭——我悬挂岐阜灯笼的位置，也刚好适合实施这一动作。

接着我取了四只装橘子的箱子和一年独有正月才会用上一次的年糕砧板，给自己做了一张书桌。先在桌前铺了一块包布边的草席坐垫，又在那张好似会喷出年糕防粘粉的书桌一角，放了一盏古旧的桌灯。之后最末一件事，我把挂在旧居墙上的我的衣物，一件不落地吊挂到了阁楼小屋的墙壁上。我想尽我所能，给这昏暗的阁楼小屋赋予跟旧居同等的情趣。祖母不赞同我把夏天穿的凉裙移入新居，劝我说马上便要入秋，夏天的衣物应该洗洗收整起来。可我无法赞同祖母的意见。我在老旧的烘尿布用的编篓上坐下，定定看着排列顺序与旧居别无二致的阁楼小屋里的衣物，还顺带吃起了柿子。此时祖母在楼下用扫帚打扫起了幸田大夫的房间。

从我迁居之日算起，想来过了足有七天，幸田当八大夫才终于姗姗来迟。那几日恰好我的祖母已经开始寻思这客人怕是等不来了，想必他半道上忽就转了心意，不会上我们家来了。她还开始劝说我："你在那长木箱上睡着也着实不方便，差不多就别睡那边，搬回原先这间房里来吧。"而我本人，也因为每每祖母在地炉里生火，烟气便会一股脑地升腾到我的住处来，许久都不见从窗户的狐木格间散到外边去，遂也动起了收拾收拾搬回旧居的念头。恰恰就在这个时候，幸田当八大夫提着一只硕大的手提箱来到了我们家。幸田大夫的随身行李仅此一件。他与这手提箱一起成了那个房间计划中的房客。他先是结结实实睡了两个钟点，而后刚一睁眼便坐到我旧居里的书桌前做起学问来。

晚餐后的地炉边，我的祖母向幸田大夫询问起模特一事，并和他说了松木夫人弟弟的情况。幸田大夫答说他的研究无需模特（他虽如此说，可却彻彻底底，把我用作了他的研究模特），而后从手提箱里取出一册书再度回到炉边。书上写着"戏剧全集某某卷"。

幸田大夫将书页翻来覆去研究片刻后，把摊开的书册递到祖母面前，请她帮忙诵读书中的对白。

我的祖母真是何等惊慌失措，将脑袋三下接两下摇了又摇，一时间连话都说不出。之后祖母明明未戴眼镜，却做了一个推眼镜的动作。我遂从地炉间拉门的门框上取下老花镜，架到祖母的眼睛前。

"啊——"

祖母念诵了指定对白最开始的一句，仅此一句，便再不知如何接续。幸田大夫满怀期待，两只眼睛凝视炉灰等待下文，可祖母却已将戏剧全集挪至我的膝头。她一边拭去眼镜上的汗珠子一边说道："哎哟哟，这些个字可真够难的。我老太婆可念不来这么难的字。"

此时我终于醒悟。我的祖母，已被幸田大夫列为心理研究的第一位模特。想必这位大夫，乃是基于人的声音与发声方式，穷究着人类心理殊为深奥的部分。然而在祖母这位模特身上，幸田大夫未能取得任何成就。他摇了一下头站起身，取来戏剧全集的另一册递到我的手上。于是我，天哪，竟不得不念诵这何等激情的恋爱对白。我对着膝头的书页只是在心里默默诵读，半个音都发不出来。见此情形，幸田大夫开口道："女孩子真是太过羞涩。你这样子我的研究进行不下去，叫我如何是好。姑且先离开你奶奶身边试试。"

他说着将我带去了他的卧房。恰在此时，我的祖母在炉边昏昏欲睡，那副眼镜依旧架在她的脸上。

可不幸的是，我在幸田大夫的房中依旧发不出声来诵读这些戏剧。

"还是顾忌你奶奶感到害羞是吗？没别的办法了，去二楼试试吧。在二楼念对白，你奶奶听不见，你可以放宽心。"

于是我将我房中的岐阜灯笼与桌灯双双打开，把幸田大夫领进了屋。幸田当八大夫将手肘撑在年糕砧板搭就的书桌上等待着我的念诵，等着等着他注意到洋装肘部沾上了年糕防粘粉，遂走去狐窗边把粉拍落。之后当八哥哥摘下几只窗外的柿子，在我桌上将柿子排作了一排。

也不知从哪一刻开始，幸田哥哥与我一道吃起柿子来。他不再坐在包布边的草席坐垫上，转而坐到椅子上，且他吃这秋日的果物吃得格外多。幸田哥哥坐的椅子，正是那只烘尿布用的古旧的编篓，乃是我祖母收在阁楼角落里的。

吃下一只柿子后，极不可思议地，我竟发出声来念诵起了对白。想来，应该是幸田哥哥坐在编篓上吃着柿子的神态软化了我的心。

"啊，我亲爱的胡莫尔，难道你真要就此离我而去吗？你终将穿越平原翻过山谷，啊，走过那几多山河离我而去。"

这想必是一出演绎离别的戏剧。我诵读完此句对白，幸田当八哥哥还在吃着柿子，边吃边接下一句男演员的对白。因为吃着柿子，幸田哥哥这句对白的发音显得颇为疲累，也出于这个缘故，我们的诵读反倒平添了几分忧伤。

幸田大夫不过逗留短短数日，而这短短数日我皆耗费在了同一件事情上，便是与幸田哥哥互换爱的对白。我化身玛格丽特，幸田哥哥便是吃着柿子的浮士德；而我变身站街女时，幸田哥哥就成了吃着柿子的无业游民。不论饰演哪个角色，他总是坐在那只编篓上吃着柿子，这皆是出于对我的顾念，为的是不让我觉着难为情。幸田哥哥的手提箱被戏剧全集塞得满满当当。但这里边，恐怕已不再有任何一页爱情戏剧是我俩所不能诵读的。而后，唉，幸田哥哥终究还是与他那只硕大的手提箱一起，去往了下一处研究点。

我无从知晓将我作为研究资料写入其中的幸田哥哥的笔记，究竟有着怎样的内容。我只知道幸田哥哥离去之后，那种空茫怅惘的心理。我习惯于诵读对白的嘴角只觉着殊为寂寞，带着这嘴角的寂寞，我吃下了不知多少只窗边的柿子。我就坐在当八哥哥留下的那只编篓椅上，将柿子排放在年糕砧板搭就的书桌上，而后吃下不知多少只。我在防粘粉的表面写下了一行字："啊，我亲爱的胡莫尔，你真的就此离我而去了。"

祖母前前后后已多次命我下到原先的旧居来。而我依旧蜗居在阁楼小屋，紧闭窗户上的狐木格，在祖母生火的烟气里，任由自己被烟熏火燎呛得难受。

关于我对幸田当八哥哥的这份心思，我的祖母毫不知情，她深信我一切的状况皆是缺乏运动所致，一心惦念着尽其所能让我出门走一走。于是她终于做了这些萩团子，将我遣去了松木夫人家。

　　我的这些萩团子并未对松木家的晚餐做出多大贡献。因为当我在半道上如此这般地生出各种事端时，松木家已然用完了晚膳。桌上的餐具皆已收拾干净，独有两件与餐食无关的物件摆在桌上——一册薄薄的杂志和一瓶蝌蚪。松木哥忽而看看蝌蚪忽而看看杂志，神色颇为不悦；松木夫人则将一条看上去不甚洁净的裤子铺展在膝头，缝补着破开的地方。就在上述这番光景中，我将这些萩团子送抵了松木家。

　　松木哥一副难以下咽的样子，仅吞食下半只萩团子，而后说道："不管怎么说，世上可没有哪个诗人像土田九作这般颠倒黑白。他那些说辞没一句不是颠倒的。乌鸦是白色，这算什么意思！即使不畏神明也该有个分寸。我愿以动物学做赌注，担保乌鸦浑身上下绝对乌漆墨黑。来，外婆家的小孙女，你也来看看这土田九作写的诗。"

　　松木哥将杂志放到我面前。那页纸上刊着诗人土田九作写的这样一首诗："乌鸦展开白色翅膀振翅飞翔，嘎嘎欢笑，乌鸦一欢笑，吾心福多临。"
这诗作者便是松木夫人的弟弟，他总写一些看似
颠倒黑白的诗作，也总是令动物学家松木哥为之
嗟叹。

"不管怎么说，不能再让他吃那种影响大脑的
药物，这样下去可不行。"夫人依旧在缝补裤子，
边补边说。看来这条裤子正是土田君所有。

"不能再让他吃任何一种药物！你看有哪个诗
人像土田九作这般胡乱用药的。服什么胃散代替
身体做消化运动，晚上还要吃助眠药，夜夜不停。
所以他看到的乌鸦才会是白色！"

"所以稍微出个门都会被汽车扯破裤子。"

"对了，听说这一次九作要写的诗，是一首关
于蝌蚪的诗。我的天，这真是何等荒唐。若不给他
看看实物任他胡写一气，想必这土田九作，定会
写出一首'蝌蚪摇着洁白尾巴'之类的诗来。简
直是对科学的亵渎。所以我特意，在我的研究室，
为他孵化了一批反季节蝌蚪的卵。眼前若有实物
看着，即便是土田九作，应该也能写出一首多少
机灵些的诗吧。不过依我看（松木哥转向我），外
婆家的小孙女似乎极度缺乏运动啊。这样吧（他

对夫人道），你去送蝌蚪的时候顺道把小孙女带去火葬场那片。刚好做个不错的运动。"

然而松木夫人尚未修补完那条裤子，于是便成了由我去送这瓶蝌蚪。

我将这一瓶不属于这个季节的蝌蚪裹入包袱布，在松木夫人的劝说下还捎带上了重新包好的食盒。夫人说："如果土田九作看上去写诗写累了，你便替我劝他吃下几大颗荻团子。"她还说明道："九作的居所就在火葬场烟囱的北侧。从那户开着桂花养了斗牛犬的宅子数过去第三栋，他住二楼，楼下屋子大抵空着。他二楼的窗户没挂窗帘，倒是垂了一条红褐色的包袱布。"

我遂了祖母的愿，走了许许多多的路，然而终究还是不能忘却幸田当八哥哥。桂花开在枝头，我想起了他；蟋蟀啾啾鸣叫，我又想起他来。之后我在火葬场烟囱北侧觅见了那扇红褐色的窗，我走过楼下空屋，抵达了土田九作君的居所。

九作君恰好正苦思冥想在构思蝌蚪的诗作。我刚一将这瓶蝌蚪放到书桌上，他便露出极度愁苦的表情，将蝌蚪藏匿到了桌下的阴暗里。他自有他的一套理论，认为在写蝌蚪诗作的时候一旦看见实物，便彻底写不出诗来了。

之后，土田君对我显露出一副极度抱歉的样子，提出一项请求："能不能帮我买一盎司米格来宁回来？两个钟点前便用完了，头难受得厉害。"

我遂领了一只茶褐色的一盎司瓶去往了药局。

待我买了头痛药归来时，九作君已然打开食盒，正在吃着萩团子。

片刻过后，他放下筷子摇了摇头，自言自语嘟哝了一句："我好像，有点吃多了。"

九作君在书桌抽屉里翻找一通，取出一罐胃散服下半匙。他的罐子里就只剩了这最后的半匙胃散。而后的半晌工夫，他一会儿摇摇头一会儿又将写诗的本子摊在面前，似在等待胃散发挥效用。终于，他以一副极度难于启齿的样子，问我可否再去帮他买一罐胃散。而后他进一步阐释起萩团子与胃和大脑运作之间的关系：世人似乎皆以为甜食能够缓解大脑疲累，可一旦过度，胃就会变得过于沉重。而一旦胃变得过于沉重，胃部的饱胀又会上到大脑里来，令大脑猛一下子变得沉重难当。依循这个顺序追溯下来，萩团子作为一种甜食，实则对大脑有损，不是吗？

土田九作君一心惦念着大脑的状态，甚至忘了关上书桌抽屉。而他这抽屉里边，除去各种各样的药品，再无其他。

就这样，我不得不再度出门去一趟药局。细数起来，于我而言，这个夜晚需要走路去办的事情真是何其之多。而这位土田九作君，又是一位何其喜爱窝在他的居所而不愿挪步的诗人。想必他总是将自己关在那房子的二楼，靠着胃散进行饭后的运动，借着治疗脑疾的药物试图保持大脑的明晰，而后写作着让松木哥与松木夫人嗟叹不已的种种诗作，必定是这样错不了——我一路上思考着这些，那一时半刻终于暂时忘却了幸田当八哥哥。

当我与一罐胃散一同归来时，土田九作君已将那瓶蝌蚪取到桌上，正直愣愣地注视着蝌蚪们的运动，嘴里念念有词。他甚至未曾注意到我的归来。他念叨着："我终究是要打消创作蝌蚪诗作的念头了。在看了一眼真实的蝌蚪之后，我绝无可能再写出蝌蚪的诗。松木他给我送来的生物真是何等祸人。"

好了，土田九作君打开胃散包装，服下极大

量的份，而后将写诗的本子摊在面前，却未见他写下诗作的任何一个字。他做这些的时候，我观察起了瓶中的蝌蚪。不属于这个季节的生物在逼仄的瓶子里浮浮沉沉，做着不甚活跃的运动。莫非这些蝌蚪也遇着了什么伤心事——我，又一次想起幸田当八哥哥，不由自主叹出一口气。如此一来，土田九作君也大大呼出一口气，道："遇到什么伤心事了吗？伤心的时候别看这些小动物，盯太久只会让心越来越苦。伤心时看蚂蚁啦蝌蚪什么的，心就会变成蚂蚁的心，沦为蝌蚪的心境，弄得混沌难辨（说着土田君便用包袱布将那瓶蝌蚪层层裹起，拿去了楼梯口）。这种时候，就该抬头挺胸唱一唱歌。你试试大声唱唱看。"

可是我终究唱不出歌来。于是土田九作君，最终从本子的纸页里撕下一张，告诉了我下边这首诗。不过这首诗并非九作君所作，说是不知何时从何地听来的。本子的纸页上这样写道：

斯人面影欲忘难忘

心头一阵悲惘

孤身独步

且将思念抛置荒野

斯人面影欲忘难忘
心头一阵煎熬
与风漫步
且将面影寄于风中

（一九三二年二月）

第七官界彷徨

距离现在很是久远的过去，在由秋入冬的一小段时间里，我成了一个古怪家庭的一员，与他们同住在一个屋檐下。也正是那段日子，我觉着自己大抵经历了一场恋爱。

　　那个家里，包括我这个朝北女佣房的住客在内，家中成员个个皆是好学之辈，每个人看上去似乎都很想在人生的一隅做出些什么贡献。那个时候，在我眼里，大家钻研的东西各有各的意义。在我那个年纪，总以为万事万物皆有意义。彼时的我不过是个顶着一头红棕色鬈毛的瘦弱小姑娘，要说我在那个家里公认的职务，住在朝北女佣房这个事实很能说明些问题——我是家里的炊事员。

但不为人知的是，我私底下还抱持着一个学习的目的。我要创作一些能打动人第七感官的诗。待到我那册厚厚的笔记本积满整整一册，啊，若真到了那个时候，我定要把这密密麻麻写满诗作的本子打成一个挂号包裹，寄到某个第七感官最最发达的老师那里。那样，老师只需看我的诗作便好，而我也不必把我这头鬈毛暴露到老师的眼皮子底下。（那时的我很是在意，生怕这头红棕色鬈毛惊扰到旁人。）

这便是我当时的学习目标。但关于这个目标，我也只是懵懵懂懂有此一想，最要紧的是，人的第七感官究竟是何样的东西，我全然没有半点概念。所以，为了创作我的诗，第一步必须先弄清楚第七感官这东西的定义。这工作着实叫人晕头转向，也实在劳神费力，所以我写诗的本子总是长长久久地空无一字。

任命我在这个家中担任炊事员的是小野一助，我猜想佐田三五郎大抵对此事无比赞同。为何这么说？因为在我来到这个家之前，佐田三五郎乃是此处的炊事员，已经住了三个礼拜，而这三个礼拜就各种意义而言于他都是一段不堪回首的岁月，据说他掌厨时连味噌汤都可以烧煳。这家里的成员除去上边两位，还有小野二助，再加上我。我这个炊事员统共要做四人份的饭菜。既然大家的名字皆已列出，那也顺便说说我的名字和我这个人。我是小野一助和小野二助的妹妹，佐田三五郎的表妹。虽然父母给我起了"小野町子"这么个名字，但因这名字总叫人联想起清雅绝尘的美女佳人 *，所以一本正经地思考这个问题时，我总也忍不住会在我的名字面前觉着局促不安。见了这名字，世上怕是不会有人想到竟是个干瘪瘦弱的红毛姑娘吧。就因为这样，我一直在盘算，要是我那厚厚的本子真被诗填满，可务必要取一个和我的诗，或者和我这个人，稍稍相配一些的名字。

我这只小篮子是那年踏上炊事员之旅时祖母给买回的。她最先往篮子里装的，便是南五味子和桑树根捣制的药粉。祖母深信这两样药物可以治好红棕色鬒毛。

---

* "小野町子"这个名字让人联想起日本平安时代初期、公元九世纪左右的女诗人小野小町。据传，她不仅诗才横溢，且容貌倾城，而平安时代美女的一大特征便是一头乌黑秀美的直发。

装完特效药，祖母没有立刻盖上篮子，而是对着里边深深叹了一口气，而后对我说道："南五味子七分，桑白皮三分。这分量你可别忘喽。记着要用砂锅耐着性子好好煎。煎到差不多剩一半的时候，把小帕子泡进去——就像奶奶每次给你弄的那样。然后使劲绞干，趁热乎的时候把鬈毛弄直。每天早上一次，不能忘。弄的时候要专心，小帕子也要多绞几回。"

　　随着祖母的声音渐渐带上哭腔，我不得不把口哨吹得越来越大声。但我这口哨似乎没有多大效用。祖母又往篮子里叹了一口气，复又说道："唉，你这孩子生下来就怠惰成性。想你也不可能每天早上乖乖把头发弄直。梳妆打扮这些个事估计也是能偷懒就偷懒。可你要知道，城里边那一众女郎可是又时髦又漂亮的。"

　　我吹口哨的声音自然而然变得越来越细弱，自己也无力阻止。我遂起身去厨房喝水，足足喝下整整两大杯，才重又将口哨吹出了先前的响度。

　　我在厨房大声吹了一会儿口哨，再回去时，见祖母已经不再抹泪，她将先前塞进篮子的美发药重又取了出来，正把两样东西按比例一份一份配好。祖母一面将糊窗户的纸裁成四方形，包成一个个大药包，一面又说："不过呢，不管城里那一众女郎有多时髦多漂亮，人最要紧的还是心地善良。大伙儿不都说吗，以前那些个神明头发越是鬈得厉害，心肠反倒越是慈悲。天照大神保管也是一头鬈发。你要乖乖听两个哥哥的话，跟三五郎好好相处……"就这样，我的祖母又往给我装美发药的纸包里添进了几颗她的泪滴。

我这只小篮子大抵就是这样，仍是有些新得过头，提在佐田三五郎手上，衬得他那套藏青底碎白纹的和服跟外褂看上去很是老旧。三五郎是个音乐艺考生，下一年春天是他第二次考试，所以他的背影在我眼中稍有些颓丧。不过早在看到三五郎此般背影之前，我便已经对他的苦楚寄予了同情。他给身在故里的我来过几封信函，用极度拙劣的字体和文章记述了考生颓丧的心境。

三五郎与我走到住处时，房子外圈充作树篱的橘树上，结着一颗颗直径大抵四分＊的橘子，颜

＊　日本长度单位，一分约为三点零三毫米。

色几乎跟叶片没两样，正承着阳光的照耀。直到此时我才想起，手上还吊着一网兜橘子。这兜橘子是我在火车上吃剩的，不知不觉就这么裸露着吊在手里提了过来。如此一对比，这房子的树篱上的橘子发育得有够迟缓。——末了这橘子长成了野橘子，生长速度远远落后于季节，慢得惊人，且皮肤疙疙瘩瘩，籽又多，直径最大不过七分，身为水果实在歪瓜裂枣到了极点。味道也是酸的。不过好在这橘子在晚秋夜幕的星光下看上去甚美，虽然味道酸了些，却因着冥冥中命运的安排给佐田三五郎的恋情搭了一把手。三五郎将这直径不过七分的橘子吃了一半，另一半给了对方。不过关于三五郎的恋情，单就先后顺序而言，我怕是不得不留待以后再叙。

再说说被这样一片树篱绕起来的房子，那可真是一栋又破又旧的木结构老平房，以至于贴在门口的三张名片醒目得几乎有些亮眼。小野一助，小野二助，佐田三五郎。三张名片里，独有前面两张是印刷的，三五郎这张乃是在厚纸板上写得粗粗大大的手书。"考生是寂寞的。考过一次不得不再考第二次的考生愈加寂寞。这种心情，不管小野一助还是二助，恐怕早已经忘记了。只有小野町子你能懂我。"写下此番话寄给我的佐田三五郎，哪怕只是名片上的一个名字，也要亲手用粗笔写下，想来正是为了给他的心留住几分热闹吧。

三五郎自门边的窗户进到房子里后，很快给我开了门，所以我也很快不再看那几张名片，转而进了三五郎的房间。反正也是顺便，上边那封三五郎的信后续这样写道：

小野二助早已经忘了这种心情，证据便是他的房间跟我的房间只隔一条走廊，可他几乎每晚都在煮他那些肥料，释放着令人忍无可忍的臭气，逼得我不得不逃去离二助房间最遥远的地方——那间女佣房避难。不论煮肥料这件事如何能帮助二助孕育出他的毕业论文，这臭气实在过于频繁，三天两头便来一遭。而即便我能忍下这些，这女佣房里没有电，天一黑只能铺开被褥蒙头睡觉，有事要办的时候除了借助蜡烛的光亮将就以外别无他法。今天晚上，我正是在这女佣房的榻榻米上给你写这封信。

我心中悲凉。今夜肥料的气味尤其猛烈，这味道斜穿过走廊飘到门口，飘过客厅，横穿了厨房，一路朝这女佣房漏过来。我心中悲凉，这样的夜晚我只想把那钢琴奏得痴怨癫狂。

而即便我能忍下这些，女佣房里若有人先到一步，那可真是一筹莫展。一助哥只隔一扇纸门跟二助做着邻居，看样子早已经被动适应绝大多数情况下的臭气。可即使这样，仍会有几个肥料气味过于刺激的夜晚，一助哥早早来到女佣房避难，窝在我的被褥里，借着我的蜡烛光亮看书学习。这种时候，他连眼珠子都不从书本上挪开一下便对我发令道："你若也要学习，再点一支蜡烛，钻进尾巴那头如何？看来肥料煮上一大堆，气味到底会影响学习。氨烧焗之后，味道就跟硫黄似的。"

我从女佣房退返回来，把我房间里的两扇窗统统敞着去了澡堂，然后又跑去夜摊看人卖香蕉，一直看到香蕉卖得一根不剩。要不然，就把一助的被褥搬到两扇窗统统敞开的我的房间，一面尽最大努力吸入窗户一侧的空气，一面试着只张嘴不发声进行音阶练唱。因为一助和二助都受不了晚上有音乐，所以我被勒令白天趁大家不在的时候学习声乐。我究竟什么时候才能考进音乐学院。我自己也不知道。小野町子，快把你的预测告诉我。把你的想法写给我吧，让我振奋起来。

二助还在煮他那些肥料煮个不停，今晚我再多写一件很是重要的事情。这件事情特别紧要，这些天来我一直想写却又落不下笔。此时此刻，这件事我只想告诉小野町子你。希望你能替我保密。事情是这样的。

前些日子，分教场（我每天下午去上音乐艺考讲习班，讲习学校的名字就叫分教场）的老师，对我的音阶练唱发笑了。他说我半音的唱法岌岌可危，然后用一种以我的耳朵听来像是"噗"一声的鼻音笑了，就笑了一下。我顿感悲观，出了分教场，回家路上买下一支大大的烟斗。我以为这份罪过，不是我一时冲动犯下的罪过，而是那个听我音阶练唱不怒反笑的老师的罪过，小野町子你怎么看？人这种动物，自己失败的时候，比起被人嘲笑，难道不是劈头盖脸的怒骂更加令人愉悦吗？！更何况笑这种东西，难道不是越短促反倒越会让对方感到悲观吗？！

烟斗店里我看中的烟斗，居然比我设想的贵三倍，所以一助哥托我帮他买一本《托培尔什么什么》的书钱，也几乎被这烟斗洗劫了去。那之后我明日复明日，推迟去丸善的日子。同时又对一助哥说，我天天在往丸善跑，称得上是百顾书局，可丸善一直没有进那本《托培尔什么什么》的货。

这烟斗我还一次都没试过，一直收在钢琴后边。在某个一助哥和二助都不在家的上午，我把烟斗拿给门前路过的收旧货的看了看，那收旧货的人出价三十钱*。你说这是什么世道！我既有几分羡慕这收旧货的，同时又想，如果三十钱就能买一本《托培尔什么什么》那该多好。所以到最后，我只能盼着小野町子你快快来到我身边，早一天是一天，救我脱离这窘境。如果出发的日子要推迟，你就赶紧向祖母要一

---

* 旧时日本货币单位，一百钱等于一日元。

下，给我寄过来。那《托培尔什么什么》大抵要六日元。一助哥给我的正是六日元。

此信确实将我出发的日子提前了几日。不过却不是为了救三五郎脱离窘境。他那笔消费在我出发前便已经补上，补缺的钱款乃是祖母在我的贴身衬衣上缝了个口袋，塞在口袋里给我的钱。祖母说了："你去到城里要不了几天便要过冬。在城里过冬总得要一条像样的新围巾不是。乡下店里的围巾铁定比不上城里那一众女郎的围巾。你且拿这钱去买一条花样看着喜欢的。要是自己一个人不知道怎么挑选花样，就让三五郎陪你去，两人一起花些工夫挑挑拣拣，一定要买一条花样不比城里人差的。"

衬衣口袋里的钱于我而言来得正及时。我悄悄将那纸币换成一张五日元和一些一日元，而后依照三五郎要求的金额将纸币封进给他的信里，再把余下的四张一日元塞回原先的口袋，扣上摁扣。祖母在这衬衣口袋上给我钉了一颗摁扣。祖母说了，摁扣这东西实在方便得很，我那条穿旧的夏用凉裙上有好几颗摁扣，都被她收进了她的针线盒。

我之所以提前出发，皆是一种空茫虚渺的情绪使然。

　　三五郎与一架钢琴一道，住在刚进门一间一坪半大小的房间。这钢琴已经旧得不成样子，若换作新居客厅之类的地方，定会给它罩上一块像模像样的罩布吧。这钢琴是房子自带的，据三五郎说，是与这破旧的房子一起从房主那边租来的。钢琴旁边配了一只旋转凳，这凳子上露出的棉絮比天鹅绒布的部分还要多。三五郎往凳子上盖了一块包袱布，在那上边落了座，一边吃着网兜里的橘子一边跟我说话。而我就在我的小篮子边听着他说。三五郎身后的钢琴，琴盖敞开，琴键上架着一支无人抖灰的烟斗。三五郎说："就因为这房子带钢琴，才租下这么一栋又破又旧的老平房，可实际住了三个礼拜，觉着再没有比这更难住的房子。要跟小野二助一道生活，没个两层楼根本住不下去。不带钢琴也不要紧，必须找一栋新一点、二楼有两间房的两层小楼，二助跟一助住二楼，我跟町子住一楼，不就该是这个样子吗？（三五郎将橘子皮放在钢琴的琴键上，拿起另一只橘子。）

两个人一起找，很快就能找到不错的房子。二助在二楼，随他怎么煮肥料。臭气这东西只喜欢一个劲地往天空爬，和住在楼下的我们毫无干系。万一晚上一助哥到楼下避难——肥料用试管煮的时候倒也没那么可怕，可一旦二助用他那口大砂锅开煮，简直忍无可忍。所以毫无疑问，一助哥时不时会到楼底下来避难——到时把我的房间借给一助，我就到町子的房里避一避。如果能跟二助他们楼上楼下分开住，那我晚上练唱音阶也可以发声了。就现在这状态，我下午要去分教场，晚上一助他们又不许我练习，根本没有半点学习的时间。至于上午，一助和二助一出门我就会犯困，简直困得不像话。这也怪不得我，每天早上必定是我早起做饭。起初商定时，二助明明说过，在町子来之前他会帮我打下手，可到现在一次忙都没帮过。说什么为了毕业论文搞研究天天要熬夜，在这借口之下，世上再没有哪个人能把懒觉睡成二助那样。更要命的是，他三天两头还要使唤我帮他抽取肥料。总而言之，就现在这状态，我注定还得失败。我可不愿连着两次考音乐学院都落榜。所以我们两个要尽快找一栋两层楼的房子，趁一助和二助不在家，手脚麻利地搬过去。不过搬家需要推车的钱，町子你身上应该有吧？不会花太多的。初到东京的人，不管是谁，口袋里多少总有些闲钱，当然绝不能告诉一助和二助，必须暗中行动。等我们把家什行李统统搬完，二楼也收整停当之后，往一助哥的医院和二助的学校发个快信就好。或者直接把新家地址贴在这房子的大门口也行。那两个人只要自己有一间房，可以做学问搞研究，就心满意足了。就拿平时吃饭来说，只要别熘得太离谱，从没听他们抱怨过。二助那些试管、苗床和砂锅什么的确实不好办，搬动起来特别费事，没办法，只能靠我和町子抱在手里一点一点运过去。所以我们也搬不了太远，这样说来搬家费也不会太贵。"

好几团橘子皮在钢琴上排起了队，网兜里的橘子见底后，三五郎抽起了烟斗，换了一个新话题。他这支烟斗并未有信中写的那般大。三五郎说："上回那笔钱让我彻彻底底安下了心。我一收到钱就去丸善买了那本书给一助哥，一助哥现在就在研究那书。那书的书名《托培尔什么什么》翻译过来就是《分裂心理学》。一助哥工作的那家医院，只接收这些有所谓分裂心理的变态患者住院，医生的任务就是把这些患者变回单一心理。心理学那套东西具体的我也搞不明白，至少一助哥的研究不用像二助那样在家里做实验，真是谢天谢地。对了，那笔钱等月末老爹给我寄钱了就还你。"

我从方才已经打开顶盖的小篮子里，取出吃剩的丹波名产栗子羊羹和奶糖什么的吃起来。时过正午，我还饿着肚子。三五郎也从我手中取过栗子羊羹塞进嘴里，他还从篮子里取出吊柿饼分了一些给我。这吊柿饼乃是祖母放进去给我路上吃的，可要我在火车上吃这么一种散发着浓郁山野气息的东西，我到底有些发怵，遂忍着想吃的欲望忍了一路。

就眼前的光景来看，三五郎似乎也饿了，他将飘着烟的烟斗放在钢琴上，下了凳子，开始在篮子里东翻西找。话说回来，三五郎对待这钢琴会不会太不走心？虽说这钢琴的琴键粗粗一看确实呈现出一种沧寂废朽的颜色，可以说灰也可以说褐，但毋庸置疑它仍旧是一架钢琴，是一台乐器。而在这乐器的琴键之上，继橘子皮之后又摆上了一大堆柿籽，在柿籽之后还有烟斗在喷吐着烟雾。

三五郎将我在滨松买的四盒东西取出篮子，

打开了其中一盒。里边满满当当塞满了圆圆的焦褐色小颗粒。三五郎捏起一颗尝了一口："这东西咸得不像话，不好吃。有没有什么好吃点的东西？"

我也生平第一次尝了尝滨松的此种滨纳豆*。尝下来的结果，与三五郎意见相同。这滨纳豆乃是小野一助命我经过滨松站时务必记得买给他的，他寄来的明信片末尾这样写道："望购数盒，此物乃鄙人心头好，窃以为途经滨松站以日间为宜，夜间恐梦中过站。"

三五郎到底打开了篮子最底下我那几包美发药。他问我是什么，我说了用处，他听后云："没必要费这工夫。现在头发卷曲的才是美女。剪个蘑菇头用烫发钳烫一烫不是很好吗？"

我将手探入衬衣胸口，花了好一段时间从衬衣口袋里成功掏出四张一日元纸币，而后拜托三五郎："那笔钱不用还我，加上这些替我买一条围巾。"

"这样啊。那这钱先放我这边。总共十日元的围巾是吧。就快月底了，到时带你去买一条花色

---

* 大豆经酵母菌发酵后，用盐长期腌渍并晒干制成。与常见的日本拉丝纳豆截然不同，制法与中国的豆豉同源，味道也颇为相近。

好看的。话说回来正好我也饿了，我们吃午饭去。我都饿了好一会儿了，一来收拾出门太麻烦，二来身上刚好没钱。这个月就因为这烟斗，我真是遭了不少罪。"

三五郎跑去锁了门，将我那双人字草鞋拿过来放到窗外，紧跟着把我也放到了窗外。

我的炊事员生活拉开了序幕。家中成员各有各的早饭时间，所以早上做完饭后，我会将做好的饭食放到空无一人的饭厅中间，以便他们不论是谁、不论何时起床皆能吃上早饭。之后我便回到我住的女佣房，没睡足的时候补补觉，睡足了的日子便在被褥上翻读诗集，这已成为我的习惯。出发来这里时，我将手边的诗集，有一本算一本尽数塞进了被褥卷。可手头有的终究只是寥寥数册，我不得不在仅有的几册诗集之间来来回回反复翻看，也不得不好几次拿起同一本诗集。

每日早晨定时定点的只有在分裂心理医院工作的一助，其余二人全无定数。二助出发去学校的时间没有一天是固定的，不过他早上必定要睡到临出发前十分钟，起床之后换校服、洗脸、读报、吃饭，晨间一应事务皆在十分钟内收拾完毕。在家中留到最末的一直都是三五郎，尽管他说只有上午才有时间学习，可他上午总在睡觉。而他每次要吃那餐临近中午的早饭时，必定会把女佣房里的我叫上，与我一同吃早餐。

　　佐田三五郎出门去上下午的艺考讲习班后，便是我做清扫的时间，不过对于清扫这破旧的老房子，我实在提不起多大劲头。尤其是小野二助那间房，简直无从下手。二助占了房子里最宽敞的房间，房中一角有一片雅格*，可这足有半坪大小的雅格整个都成了一片萝卜田。一只只小红萝卜栽种在形形色色的器皿中，依着生长顺序从左排到右。这片萝卜田散发的臭味跟真实的萝卜田没两样，故而二助的整个房间都闷着一股萝卜田的味道。只不过这片萝卜田上方配有替代光源的设备，入夜后会有七只螺口灯泡为它们输送光亮。

　　二助有一张大得不一般的旧书桌，此处也兼

做植物园。旧书桌上，有纸屑、笔记、铅笔、书籍和一些小香水瓶之类的东西，与这些东西一道，还有一些我不认识的似是苔藓的植物，在好几只扁平容器里的湿地上繁茂生长，这湿地也散发着一股错综复杂的难闻气味。

关于二助的房间究竟有多乱，要我一一记述都不免觉着冗碎。榻榻米上东一处西一处，一堆堆肥料在报纸上摞作小山，山与山之间串接着一些装在瓶中的黄色液体肥料。至于那口让三五郎怀恨在心的砂锅，天天变着地方出没，时而出现在书桌，时而出现在雅格，时而又会出现在椅子上。另外还有镊子，跟清洁鼻子用的棉签形状相仿的棉签，一整套农具——比如玩具似的小锄头，以及同样玩具似的小铲子——一台照相器，一台显微镜，等等，等等。

这乱糟糟的种地房间，叫我如何清扫？此问题实在超越了解决之法。曾有一次我试着对雅格动用除尘掸子，不想排列着好些试管的小架子整个翻倒。是我不好，过于把这种地的房间视作普通房间来对待了。自那以后，清扫二助的房间便只能徒手清一清空无一物处的积尘，再无其他可扫。

我弄翻的那一组试管里，两片叶子的小红萝卜深深扎根于黄色液体，郁郁葱葱很是繁茂。二助身为耕种人取得了如此巨大的成功，可我这把掸子，却将这一垄萝卜连根翻起，将试管弄得粉碎，黄色肥料溅在了我脚上。而这些告别了肥料的小红萝卜，则成了一团团嫩叶菜躺在了榻榻米上。

　　那日傍晚，我不得不给从学校归来的二助引路，将他领到这些嫩叶菜旁。就惯常的作息而言，这个钟点我本应已经备好晚饭，但那个傍晚的我实在没有心思顾什么晚饭，脸上还留着眼泪的印痕。我究竟是以一种什么样的心情聆听二助的失望的？他"嗯"了一声，漏出好似大地轰鸣般的深沉的叹息。

　　而后他艰难地找回说话的声音，对我说道："你在这房间里用掸子，会给我造成很大的麻烦。还好，这些试管我昨晚都已拍了照片，也算不幸中的万幸。（接着，他转过身背对我自言自语。）女孩子可真会哭。被女孩子一哭，我真是半点没辙。都不知道怎么安慰她。（接着，他又一个转身面朝我。）今晚就拿这些菜叶子在水里焯一焯做个拌菜吧，味道一定很不错。"

我忽然差点想要对他一笑，遂急急忙忙退避到三五郎的房间，在这里我的情绪重又原地转了一个圈。正巧三五郎刚从艺考讲习班回来，我遂用泪水弄脏了他那条藏青底碎白纹的手臂。三五郎用报纸先擦了擦我的鼻子，又擦了擦他藏青底碎白纹的手臂，而后去了二助的房间。

　　在隔着一条走廊的二助房中，上演了下边这番对话：

　　"哟，这些菜，出什么事了？"

　　"女孩子只要一哭，我真是一点办法都没有。是不是应该买些巧克力豆试试？"

　　"巧克力豆也不错，不过还是想早点吃上晚饭。我肚子都快饿扁了。"

　　"我肚子也饿了，但巧克力豆可不是给你的，是给女孩子的。你快把这些菜收一收，焯水做个拌菜试试。我种的菜味道一定不错。肥料发挥了十成的作用。"

　　"可是这些菜，腿刚刚还浸在肥料里……"

　　"真是可悲可叹。像你这种人需要不间断地启蒙。世界上再没有什么比肥料更加神圣。其中尤以人粪为神圣中之神圣。你不妨将人粪之神圣与音乐之神圣做个比较试试。"

"人类怎么能跟音乐相提并论？！"

"你看。音乐不可与人类同日而语……"

"反了反了，是人类不可与音乐同日而语……"

"托尔斯泰曾经说过，音乐会催发色欲。他自己还下田施肥务农呢。"

"贝多芬曾经还说过呢……"

片刻前我就已停了眼泪在听二人说话，没听多久便回了厨房。

与二助相邻的一助的房间清寂素简得多，除去墙上一件和服棉袍外便是书和桌子，乃是一间稀松平常的书房。在此处我可以安安心心地做我的清洁，而当我时不时读腻了我那几本诗集时便会来到一助的房间，也来研究一下一助正在研究的所谓的分裂心理。

"两种相互对抗的心理同时存在于同一个人的意识内，此种状态叫作分裂心理，此两种心理时时对抗，相互敌视。"

关于此段文字，我用一个殊为想当然的例子进行了一番思索：这绝对是在说一个男人同时爱上了两个女人。想必这男人对小 A 与小 B 爱得同等深切，可小 A 与小 B 却总在男人心里争风吃醋。

此番想象令我愉悦，我又继续读下去。

"分裂心理中有一种状态殊为复杂：第一心理在患者阈上，患者有所自觉；而第二心理深深沉潜于患者阈下，其人无以自觉。但由于有所自觉的第一心理与无以自觉的第二心理，也具有相互对抗、相互敌视的属性，故而阈上与阈下之对抗会给患者带来空茫的苦恼，若置之不顾，恐会迷失自我。"

这个段落也同样让我放飞了自己想当然的思考：这绝对是在说一个女人同时爱上了两个男人。然而，这女人恐怕只对自己爱着阿 A 有所自觉，而不曾觉察到自己也爱着阿 B。或许就因为这样才住进了医院。

如此这般一不小心便坠入想象的研究，拓宽了我关于人类心理的视野。我遂琢磨起来，心理界笼罩着这样一层广漠空茫的迷雾，岂不正是第七感官的世界？若是如此，我便应当愈加多多地学习一助学习的东西，写一些诸如分裂心理学这般错综复杂、迷雾缭绕的诗。

然而我在我那册诗集上写下的，却是两首乏善可陈的情诗。我原打算将它们寄给我的恋人，可如今依然收在女佣房书桌的抽屉里。我这张书桌乃是佐田三五郎用那四张纸币的钱买给我的。而后三五郎还揉了黏土在我的书桌上做了一盏台灯，又用剩下的黏土在他的钢琴上做了一盏同样的台灯。为做这两盏灯，他停了两天艺考讲习班的课，专心致志捏塑黏土。此番工作他皆在女佣房里完成，他做这些时，我便在女佣房里，往铁丝上编结丝线，做了两顶粗制滥造的灯罩。

佐田三五郎对世间一切的感知方式多少有些浮夸。小野二助调煮肥料的气味未见得有他说的那般猛烈，而所谓三五郎夜里被禁止弹琴也不是真的。不曾早早上床的夜里，三五郎会抱怨着肥料味难忍来到女佣房避难。除此以外的夜晚，他会一边奏响钢琴一边殊为大声地练唱音阶。而后又唱起考试不会考的喜歌剧*，手指在钢琴上滑来扫

---

* comic opera，对内容轻松诙谐、以大团圆结局收尾的喜剧式歌剧的统称。

去。不过三五郎的这架钢琴奏出的音色真是甚为悲凉。上了年纪的钢琴唱着仿佛皆由半音谱成、留不下几多回响的歌曲，唤起了恰好在黏土台灯的光亮下创作诗歌的我的感伤。此时二助房中飘来一股淡淡的肥料气味，让钢琴曲悲上加悲。而这音乐与气味则令我心生一念：所谓第七感官，莫非正是两种或两种以上的感觉交叠唤起的这份感伤？于是我写下了融入感伤的诗。

不过，我并没有空守着这份感伤。每当三五郎开始唱喜歌剧，我便将诗集塞回抽屉，去到三五郎的房间，同他一起唱那些喜歌剧。独有唱喜歌剧的声音大得过分时，二助才会对夜晚的音乐提出警告："你们两个给我到女佣房去。这种音乐不洁不净。"

于是三五郎和我便与喜歌剧的乐谱一起来到女佣房，却见一助在女佣房中避难，正伏在我的书桌上看书。他一见到我们，便带着他的研究书回房去了。而三五郎与我，此时已没了唱喜歌剧的意愿。

"我三天两头被分教场的老师嘲笑都是这钢琴害的。全是这旧钢琴惹的祸。"

三五郎沉浸在高声发泄喜歌剧之后的忧伤之

中，渴望一场世间罕有的静谧哀婉的对话。我也沉浸在同样的忧伤之中，遂用静谧哀婉的声音答道："就是。都是这破钢琴的错。"

"用这走了调的疯疯癫癫的钢琴练习音阶，我猴年马月才能考进音乐学院！练得越多，我的音阶越不在调上。倒不如别练了去谈一场恋爱来得痛快。"

"要是不奏响这钢琴呢……"

"它在那里，我自然就会奏响它。就跟有女孩子在身边是一个道理。"

三五郎与我一时半刻陷入了沉默，之后又讲起别的话题。

"我感觉这钢琴不吉利。奏响它的人就会觉着悲观，绝对是这个样子。这年头就算犄角旮旯的影院里都不会有这样患了忧郁症的钢琴。我跟房主提过让找个调音师过来看看，可你猜怎么着，那房主说：'鬼才看那死钢琴！我绝不会为那破烂钢琴破费哪怕一文钱！那钢琴连收旧货的都不愿要！那该死的音乐家害我不知吃了多少亏！那家伙可曾付过一文钱房租！非但不付房租，还留下那一无是处的破钢琴，脚底抹油跑了！那东西要

扔还要出搬运费，所以才一直留在原处没去动它！既然您说钢琴发的音不合您意，那就劳烦您别去弹它，其他的我也无计可施！'

"所以我断了修理钢琴的念想，就托他把屋顶上那个洞给我堵一堵。偏生就在我奏响钢琴时雨能落到我脖子的位置开了一个洞。

"房主立刻便来堵了屋顶上的洞，走之前还把树篱上那些橘子上上下下查验一遍，看熟了几分。真是个抠得吓人的吝啬鬼。

"要我说，这钢琴铁定是个来来回回好几次都没能考进音乐学院的考生故意扔在我房间的。那考生铁定回到故里种地去了。我也在考虑回故里种地去。"

我从鼻孔里呼出一缕拖着长长尾巴的气息，默默思忖着：若三五郎真的回故里种地，那我也回故里种地去。

"不过你也别悲观。被女孩子一悲观，我也会觉着悲观的。种地这件事，我也就唱喜歌剧唱太多的时候才想想。我以后再也不唱喜歌剧了，一定好好学习。为了用行动证明我的誓言，町子，这些喜歌剧乐谱全都给你。一页不剩统统归你。"

三五郎将留在他房里的乐谱也一并取来，全数交给了我。我把这些乐谱塞进书桌抽屉的最深处，就这样，三五郎与我皆有了一种感觉，仿佛以往那段懒散的生活已经重重画下一个句点。

我心中涌起新的希望，对三五郎说道："最好把钢琴的盖子锁住。钥匙我帮你收着。"

"那钥匙连房主都没有呢。没事，已经没问题了。我绝对不会再奏响那钢琴。从今往后，我要专心致志练唱健全的音阶。"

也恰是在这样一个夜晚，我向三五郎坦白了一件从未向任何人吐露过的事。我把悄悄藏在心底的想要成为诗人的愿望告诉了三五郎。三五郎爆发出一阵我简直不曾料想到的欢喜，像夹手鞠似的将我这只鬈毛脑袋夹在臂膀间，还一把将我抱起举向天花板。而后我们一同起誓，要专心致志学习诗和音乐，约定再也不唱喜歌剧这等不洁的歌曲。

然而很快三五郎和我便打破了约定。我们屡次三番又合唱了好几回喜歌剧。

到了月末，三五郎没有给我买来围巾，反倒

给我买了一把裁切剪。

我祖母似乎没有料错。我那小篮子底下的美发药一次都还不曾用过。故而我这头发依旧棕红兮兮地卷曲着挂落在额前，逼得我不得不隔会儿便摇一下头，将额前的头发驱赶到后边去。我的头发终究是成了足以令祖母伤心落泪的凄惨模样。而三五郎之所以会想着买回一把裁切剪，想必也正是我这凄惨的模样使然。

那天夜里，三五郎往我房中运来一个百货店的纸包。他从纸包里取出一把裁切剪和一只纯黑的波希米亚式领结，而后向我致歉道："围巾没能买成，能不能推到下个月？我今天被分教场的老师取笑，结果就买了一只领结。我跟你说，你不妨也试试被老师笑一回，保管也会想买点什么。虽然回过头想想毫无用处，可那时候就是想买下来。其实啊，我都没有一件洋装能配这波希米亚式的领结。可一旦被老师笑过，就是想买些热热闹闹的东西。偏巧在百货店的电梯里，同乘的人打了这么一只波希米亚式的领结，结果弄得我也买了一只。想你那围巾应该也不着急吧。"

三五郎的心理一字一句皆令我感到赞同。反

正也还未到一定需要围巾的季节，而且我那行装里边本就塞了一条灰色的毛线围巾。

"也没别的法子了，领结就给这房间做装饰用吧。"

三五郎将波希米亚式的领结挂在了女佣房的钉子上。搬来这些时日，我的房中尚无任何装饰，所以这纯黑的波希米亚式领结倒是成了一件信手拈来的颇为不错的装饰品。

"女孩子的房间可能还是红色更好些。算了，就这样吧，来，我给你把头发剪了。红棕色鬈发搞成蘑菇头再合适不过。不厚不重轻轻便便。铁定会变成个大美女。"

我觉着这件事简直荒唐。同时我也第一次下定决心：以后不但每天要用篮子里的美发药，而且还须日日梳头系发。

我忽就跑去厨房将炉灶生了火，架上调制美发药的金属盆。

我那时解开头发分明是为了用美发药弄直我这一头鬈毛，可三五郎当时却给我阐释起所谓东西文明交互贯通的理论，终究是从我这里得到了剪发的允准。他那套理论云：东方的袈裟传至西方成了洋装的上衣，而西方的理发来到东方则生出了蘑菇头之类的发式，这些皆是轮船飞机惹的祸，时代大势所趋无可奈何。而后三五郎还补充道，用五味子做药弄直鬈发纯属祖母那个时代的趣味，孙辈们可不能毫不变通地固守着祖母们的趣味。

三五郎为了灌输此套理论费去相当一段时间，灌输到一半，厨房那边传来一股东西烧焦的气味。是金属盆里的美发药蒸发殆尽了。我一面往金属盆里边灌水，一面铁了心决意剪掉这头鬈发。

不过，三五郎在桌上竖起的那面立镜我半眼都不想看，所以自始至终闭着眼。

"瘦瘦的女孩子就适合剪这种叫男短的发式。"

我一言未答，心里思忖的全是奶奶此刻在做些什么。

最初的一剪，当剪子厚重的声音在我喉咙深处震响时，我将眼睛闭得更紧，心脏似要停止跳动。可以感觉到我的脸孔一度变得苍白，转而又涨得通红。

"别吸鼻子。"

我的上半身动不动便会朝前俯去，三五郎矫正了好几次，他似乎很是热衷于这项荒唐的工作。

我紧闭的眼中流出泪来，一路淌至下颌，在殊为漫长的一段时间里，我无法拭去眼泪。

剪子在我左耳旁结束最后一下声响，与此同时，我跳了起来，逃进恰好关着灯的三五郎的房间。我的脖颈忽就一阵寒凉，那感觉与自己被人弄得浑身赤裸没有两样，如此这般寒凉的脖颈，除去黑暗无光的房间，我实在没有地方可以安放。——我这脖颈，寒风可以肆无忌惮地轻易吹透。"奶奶会哭的。"在三五郎房间的黑暗里，我的心真就成了祖母的心，哭起来。"奶奶会哭的。"

二助从房里出来，见三五郎恰好来到走廊，遂问他："怎么了？"

"我在给她弄蘑菇头，忽地一下子人就跑了。才弄了一半，你叫我怎么办。"

"还不都怨你无端生事。总之先打开灯看看。"

三五郎开了灯。我将脖颈藏在钢琴腿部的一个小角落里。

"我帮你看看，你先出来，到看得清的地方来。"二助道。他在校服外边罩了一件斑斑点点满是污渍的白大褂，给弄上了香水的味道。因为他有个习惯，在倒腾肥料的过程中会时不时地将香水瓶放到鼻子底下。

二助围着我的脑袋绕行一周后道:"可以呢。刚好正合适。女孩子的头发还是清爽一点好。没必要哭成这样。"

说着二助把香水瓶里的香水抖抖落落洒足在了我的头发上。

一助不知何时也站在了房门口,也针对我的脑袋陈述了一条意见:"蘑菇头这东西其实不怎么好。不过很快就会长出来。这段时间你且忍一忍。"

说完他便回房去了。

二助站到我身后向三五郎发令道:"这一片狗啃似的再给她修一修吧。这房间电灯太暗,到我房里去弄好了。"

二助的房间,虽说闷着一股相当熏人的臭气,不过房间正中悬着一盏亮晃晃的电灯,确实适合将脖颈修剪齐整。二助还嫌不够,将萝卜田上方的人工光源也打开,挪动了两三堆报纸上的肥料小山,又将架着砂锅的火盆推至挪出的空位。这些皆是二助为使三五郎尽情施展所做的陈设。他嘟嘟囔囔重复了两遍"狗啃似的头可见不得人"。想来我这脖颈上留下的锯齿斑很是扎眼吧。

三五郎令我坐到房间正中，恰好在电灯正下方的位置继续给我剪发。二助在白大褂的衣袋里塞了一条毛巾，半垂在外，他抽下毛巾圈在我肩头，并将香水瓶置于我身边，对三五郎道："今夜计划会稍微臭一点。你时不时熏熏这香水好了。给女孩子也时不时熏一熏。"

三五郎将发梳逆着顶在我颈间，动响了剪子。他隔一小会儿便会喷出一股锐利的鼻息以驱赶臭气，那鼻息化作一脉寒风直抵我的脖颈。不过我已不再哭泣。方才哭过一通后,我的心已风平浪静，身体也恰到好处地疲软乏力。只不过我的周身凝结着各式各样的气味，肩头的毛巾、从头顶毫不避忌地飘降而下的丰沛的香水味、房间里郁积的空气等，皆不肯放我就此睡去。

二助着实忙得够呛，要搅动砂锅，要在酒精灯上烘烤试管，要往砂锅中添加粉末肥料，还要添加瓶装的肥料，要用团扇吹凉肥料并将其撒到种苔藓的湿地上，要观察显微镜，还要写笔记。

我在觉着自己似要坠入瞌睡时，做起了深呼吸。将这错综复杂的空气由鼻子深深吸入身体，可以换得短短一小会儿的清醒，清醒过后再深吸一口。如此一呼一吸间，我，住进了一个雾一般的世界。在那个世界里，我的感官时而各自为营，自顾自地运作，时而又融作一片，再重新散开，总也发挥着松散无序的功用。此时，二助恰好在用那根像极了鼻子清洁器的棉签反反复复轻轻擦刮苔藓表面，他那件白大褂模模糊糊地晕开，化作云的模样，那片云朵又幻化成我先前看过的各种各样的云的样子。砂锅里的液体，咕嘟，咕嘟，一点一点越煮越稠，那声音就跟祖母做萩团子时煮豆沙的声音没两样，于是我瞬间变回了六七岁的孩童，正拽着祖母和服的衣袖下摆，目不转睛地望着那一锅豆沙——恰在此时，二助来到我身边，我遂努努力睁开了眼。我肩头的毛巾也被二助用作擦手巾，他过来正是为了这个目的。他专注地擦完手，便干脆利落地走开了。待二助走回到书桌旁，桌上那片苔藓湿地在我眼中已然扩展成森林的大小。二助再度拿起棉签轻轻刮擦森林的表面，而后将那壮大成了扫帚的棉签放到笔记本上敲了敲。

之后二助还做了些什么，我无从知晓——我眼中已无一物，独有耳朵里传来豆沙咕嘟冒泡的声音。我再一次睁开眼乃是因为三五郎的一个疏忽，他将冰冷的裁切剪触碰到了我的脖颈，此时二助正一次又一次将眼睛贴到显微镜上。

"苔藓的花粉会是什么形状呢？"为了不让心理感觉离我远去，我决定试着努努力思考一下殊有难度的学术问题。"会不会是壳壳虫*触角的样子？"然而我的心很快便逃得远远的，我的耳中，独独二助写字的声音殊为清晰，无比鲜明。

"你太往前倾我不好剪。该不会又哭了吧？"三五郎的双手从背后压住了我的双颊。此动作本是为了纠正我一点一点越发俯身前倾的姿势，可他右手上那把裁切剪并未放下，故而剪子冰冷的刃面紧紧贴上了我的面颊，而剪子的尖端在我的左眼看来无异于一把锋锐无双的利刃。我当即起身，去到二助身边。可当我走到二助身旁时，我已困倦得不行，一心只想沉沉睡去。于是，我便伏在二助背上睡起来，此时他正一边弓着腰观察显微镜，一边在笔记上奋笔疾书。二助保持着这个姿势继续着他的研究。

"怎么了？别耍小性子，你这让我怎么剪，"

---

* 指蜗牛。

三五郎说道，"锯齿斑还剩最后一点点。你再忍个五分钟就好。"

"她这是困了吧。大概是做梦了，"二助说道，手中的笔仍在沙沙作响，"一点点的不齐整没关系，过两天就看不出了。总之先把人从我背上取下来，否则太不方便。带去房里让她睡下好了。"

我自二助背上移到他的脚边，将脸埋入放在榻榻米上的双臂间，困得几乎下一秒便要睡去。

"再有一块锯齿斑修掉就好。一鼓作气修修干净。"三五郎为了付诸行动来到了二助的脚边。

自那一刻起，我对时间的长短再无知觉，恍惚间我经由三五郎的手被搬去了女佣房。在被搬入这冷飕飕的房间的一刹那，我立时睡意全消清醒过来。

盖被已在地上被铺成卧榻，三五郎让我坐在上边，他自己则在我的书桌上落了座，说起话来。他双腿盘坐，单边的手肘支在腿上，将脸架于那只手的掌心，然后从那两片被捂住的唇之间发出了一串慵懒的语音："你这脑袋现在清清爽爽。看着不沉，刚刚好。脖子这片甚至还挺可爱的。等明天我把一助哥的镜子拿来，用两面镜子把脖子这里照给你看。你睡吧。"

三五郎从桌上站起，又重新坐下，摆了与先前同样的姿势，用和先前同样慵懒的语音又说道："我今晚大抵是要通宵了。二助命我去给他抽两三瓶肥料，他那些苔藓从今晚开始便要恋爱了。我肯定会被强逼着通宵给他当助手。你睡吧。"

然而，三五郎依旧将脸架于掌心，未有要起身的意思。

沉默一时片刻后，三五郎不再手撑面颊而改换为两手抱胸，向着手臂圈起的环，说出了下边这番意义不明的话：

"这样一个夜晚，可真是，那个，要去给植物的恋爱当助手，可真够那个的。我是说，真够无趣的。不过，那个，实话实说吧。苔藓也要恋爱，真是太怪异了。你睡吧。"

他毫无预兆地突然在我颈间亲吻了一下。而后抱起我坐到书桌上，向着我的耳朵说道：

"不要再哭鼻子了哦。今晚二助特别忙碌，这世上再没有人比二助更害怕见到女孩子在他面前哭了。二助之前失恋过，对方就是个一天到晚哭鼻子的女孩。自那以后，二助便一天到晚研究植物的恋爱，也特别讨厌女孩子在他面前哭。你看今天晚上，他又是给你洒香水，又是给你围毛巾的，不是吗？二助绝对不愿意见到女孩子在他面前哭鼻子。所以不要再哭了哦。"

我本就未想要哭，于是便在三五郎怀中点了点头。

"可是，大凡女孩子，在这样一个夜晚，过会儿一个人时，都会一个劲地哭个不停，不是吗？（我在三五郎怀里摇了摇头。因为我并未感到任何会使我之后想要哭泣的不安。）这样便好，如果你又哭起来，二助肯定会觉着害怕，会来问我出了什么事。而即使他来问我，我也不想告诉他原因。这样的一番因果缘由，不告诉一助哥也不告诉二助，瞒着他们才更有意思，铁定是这样没错吧。"

我在三五郎怀里点点头。如此一来，三五郎离我耳边稍稍远了一些：

"不管怎么样，二助关于苔藓恋爱的研究，今晚有一盆便要修成正果。在二助那张大书桌上，今天晚上苔藓开始恋爱了。你应该知道吧，就是桌上最最右边那盆。对于那盆苔藓，二助培育时总在给它们浇热肥料，热得几乎发烫。看来还是热肥料管用，今晚那盆苔藓忽就生出一大堆花粉来。一旦见着苔藓都开始恋爱了，我就，觉着那个，我是说——算了算了，总之今晚就是这样一个夜晚。我这一定是吸入了不少苔藓的花粉。

"归结来说，最热的肥料可以最快催发苔藓的恋情，这便是二助的发现。二助还说，剩下的三盆分别给的是不烫的肥料、温肥料和冷肥料，到现在都还没有要恋爱的征兆。町子，你读过二助的论文没？（关于这一问，我以一种稍稍有些缺乏自信的方式，摇头作答。）没读过啊？不过我觉着町子你也读一读比较好。你也看到了，二助桌上有两册笔记对吧？一册是关于小红萝卜的论文，一册是关于苔藓的论文。小红萝卜那册只有序文有意思，正文不怎么有趣。苔藓那册可好玩了，我时不时便会读上一遍。植物的恋爱反过来对人也有启发呢。在写毕业论文这件事上，二助倒是一个标准的浪漫派。就是他动不动就命令我去给他抽肥料，这让我很头疼。只要一提到抽肥料，铁定便是我。实在没法子，我每次去抽之前都会连着吃掉两个树篱上结的酸叽叽的橘子。"

可是，我方才在三五郎怀中撒了一个谎。其

实我，早在许久之前便已读过二助的论文笔记，两册皆已阅毕。那册《论荒野山山脚之土壤利用法》写的是小红萝卜的研究，其序文犹如二助笔下的一篇抒情诗，故而很是触动我的心，而那册《析肥料热度所导致的植物恋情的变化》（此文写的是苔藓的研究），则早已成为我私底下酷爱的读物。

不过也不知为何，我无法向三五郎坦言自己已然读过这两册论文。苔藓那册，恰恰属于，读了也不愿宣之于人的那一类文献，文中可见诸如"植物之恋情可由肥料之热度予以人工催发""是以苔藓固为植物中风貌最是冷淡者然终得以发扬其恋情""苔藓之于此沃土中的生殖状态"等言辞，全文皆由此类句子串联而成。

至于小红萝卜那册的序文，全然是二助由一场失恋生发而来的一篇抒情诗，文章始于一句自白："昔日我曾恋慕于一殊为楚楚动人的少女。"继而写道：

> 嗟此少女实乃多泪。不论予示以何种表情，斯人皆以泪相应，盖不曾以无泪之神情面对予。孰能无悲乎，予以为此少女之泪，乃少女对予

之情绪自眼睑满溢之物。然少女已有一深切思慕之人，其人乃予以外之青年。故此少女之泪，实为悲怜予之悲恋之泪。予实不喜少女此般泪水，遂飘然出门远游。

予寄寓荒野山三合目一古寂佛刹，郁郁寡欢无以为乐。加之山寺素斋实乃淡寡无味，以致体重衰减两贯*。

一日，一老翁自山麓村庄路途遥遥来至此地求见予。老翁称曰荒野村前前任村长，似将予一稚面书生误认作德高望重之学究，翁自怀中取出一袋置于予前，施以厚礼向予提出一愿。袋中所装系天然黄土。老翁云："此乃荒野山山脚之荒地所出。悉闻阁下以肥料学为术业，贵为笃志博学之士，特此拜请阁下扬学识远见，将山脚一带荒地妙手化作沃土。遥自吾等祖父辈起，此山脚一带便是一片广漠瘠土，大地荒芜，萝卜牛蒡稗子皆不得实，更遑论桑。早年经村民合议，拟先播撒稗种令其结实，结实得

---

* 日本旧时的计量单位。进入明治时代后，规定一贯为三点七五千克。

122

稗米可招引鸟雀，鸟雀所遗之粪可令荒野转为沃土，故最先所行之事便是将数石稗种播于荒地。然，既无稗芽破土亦无鸟雀聚集，独空将数石稗种弃撒于瘠土。若阁下愿凭术业专攻之力，赐教良肥佳料，吾当何等欣慰。嗟，众村民又当何等欢欣雀跃。敬望阁下不吝赐教，授人以智。另有一愿，还望阁下为众村民办一讲演。吾亦知阁下潜心研究诸事多忙，但若能拨冗应允，愚翁必当立即飞奔回村广而告之，并遣年轻村人折返相迎。万望勿辞。"

予顿感茫然，眼望老翁饰家徽之和服外褂，盯视良久。

是日，予隐于夜色辞别古寂佛刹。住持忧心予为村人所察，特借予一秸秆编就之外套，如同隐身蓑衣。予连头罩于此外套下自村中过，后将此珍贵外套挂于村外一偏远柿树枝。

予行抵东京寄宿处时，恰遇小野一助自其寄宿之地来至予处，静待予归。一助欲强令予住院一周。予愤然，自衣袋内取出此袋黄土，决意变荒地为沃土。予虽确曾失恋，却分毫不能认同予须入住分裂医院之事。

后一助命佐田三五郎租下一形同废屋之旧宅，一助、予、三五郎遂终结寄宿生活，转为废屋之住民。予居室有一雅格，予将其改作萝卜田，于荒野山麓之瘠土中添加各种肥料，尽心培植小红萝卜。拙论正文将细述此培植过程。序论终。

好了，我为二助的论文多少费去了一些时间，在此我恐怕不得不归返到原先女佣房的情境中来。

三五郎与我，依旧在女佣房的那张书桌上。若要说坐在三五郎膝头的我的心理，那便是我已读过二助那首抒情诗，也已读过那篇苔藓论文，却独独不愿向三五郎坦言相告的这样一种心理。此种心理正是年轻女孩对祖母对兄长对表兄常会抱持的一种心境，关于我已然知晓苔藓花粉的诸般知识一事，我到底还是希望将那些知识作为我一个人的悄悄拥有，掩蔽于私而不愿让三五郎知晓。

二助房中的臭气飘入走廊，横穿过客厅，来到厨房，而后薄薄围裹住女佣房中的我们。这一夜何其安静。

三五郎用一种安静的声音说道:"不过,树篱上的橘子也稍微变甜了一点哦。你睡吧。"

三五郎再度亲吻了我。而后将我放到盖被上,去了二助的房间。

这是我成为炊事员后的第一次亲吻。而我那时却手肘撑桌,两手环抱着已然轻得极度不真实的我的脖颈,开始思考起亲吻这件事——亲吻这件事,真就如此这般,只会觉着如同呼吸空气那样稀松平常而再无其他感受了吗?真正的亲吻是不是不似这般,难道不该留下些事过之后依旧记忆犹新,或欢愉或苦恼的感触吗?

三五郎与我的这一吻,与十四岁的三五郎给十一岁的我的那一吻并未有太大不同。十四岁的三五郎与十一岁的我,皆想拿到祖母吊晒于屋檐下的一串柿饼,于是三五郎将我扛在肩头,我伸手顺利取下了柿饼。那时我胸前抱着满满一堆柿饼,三五郎将我放到地上,欢喜之余情不自禁地亲吻了我。还有一次,十七岁的三五郎当着祖母的面亲吻了十四岁的我,那时祖母道:"看看,这对表兄妹感情多要好,你俩以后也要一直像这样相亲相爱的。"——三五郎与我,总体而言自幼年起便一直有着如此这般亲吻的习惯。

就在佐田三五郎将我的头发统统剪去的第二天，我们这一家子有了一户邻人。那日早晨，我先是伴着一阵哀伤醒来。从厨房到女佣房，隐隐残存着美发药焦煳的气味，将我引入一片哀伤之中。若此刻祖母也在，她必然会往我这寒凉透风的脖颈中倾注无尽的泪水吧。而后她一定会四处搜寻让头发快速生长的灵药，日敷十次地用煎好的药汤包裹我的头。

为了忘却祖母的心，我需要晨间的口哨。我吹啊吹，吹着口哨，从钉子上解下一块包蔬菜的小方布，对着书桌上的立镜比来比去，试图将脑袋伪装成若无其事的样子。可是，我这口哨传入三五郎耳中似乎成了内心欢愉的表现。三五郎自他房里为我的喜歌剧送来了晨间的伴奏。为了尽量让他那架音阶原本殊为寂寥的钢琴演绎出欢乐喜庆的乐音，走调的部分他皆用自己的歌声予以补偿。因为此番伴奏，我们的音乐带上了比往昔任何时候都更为欢快的音色，且还触发了意想不到的回响——小野二助房中响起了二助本人的歌声。他与我们二人一起唱起了晨间的喜歌剧。这可真是全然不曾想过的事情，这个早晨乃是我第一次听闻二助的音乐。意外的是，我这位兄长，有着何等的音乐才能啊。我不得不停下口哨，也停下用安全别针将小方布固定到头上的工作，侧耳细听二助的歌声。二助的喜歌剧比这房子自带的古旧钢琴还要寂寥数倍，并且走了调，弥散着一种仿如送葬曲般的悲愁。可是，二助自己却带着一颗殊为愉快的心唱个不停。即便三五郎突然停下伴奏，二助也仍在继续他的独唱。伴奏止住后，我们方才察觉二助演唱的歌词实为他自己即兴创作的诗。明明该唱"合欢花开时，杰克徒伤悲"，可二助唱的却是"苔藓花开时，吾心甚欢喜，欢喜如吾心……"。

关于停下伴奏的三五郎的心理，我明了得不能再明了。不愿再伴奏的他，此时此刻想必正将手肘支在钢琴上，等待着二助停止对音乐的亵渎。而我在女佣房里也全然抱持着同样的心理。

我们刚以为二助停下了独唱，他便从房中向三五郎说道："在因为植物的恋爱而彻夜未眠的早上，来点音乐感觉真不错呢。似乎能让我忘却疲劳，令喜悦加倍。我从来都不知道音乐还有这样

127

的力量。从今往后，我也要时不时地做做音乐练习。那些排列在五条线上的小蝌蚪，花上多少天能看懂呢？两个星期应该足够了吧。在第二盆开始恋爱之前预定会有两个星期的空闲，这段时间我就来研究研究这些蝌蚪吧。"

三五郎未做答复，而是将钢琴扫得震天响，之后开始弹起另一首喜歌剧。尽管他故意挑了一首二助似乎不甚熟悉的歌曲，但这个早晨的二助决计不愿保持沉默。二助罗列了一串极度浑浊的鼻音追上了钢琴的步调。在这段时间里，我已然忘却祖母的哀伤，自然地加入了合唱的队列。

晨间的音乐到底是令小野一助醒了过来。一助在他房中咳了两声，算是醒来的信号，随后喃喃自语道："这早晨的音乐实在拙劣不堪。"

一助接着又添上了两声咳嗽："今天到底是什么日子！当心我把你们统统送进我们医院去。我还没睡到足够的钟点，还差一小时十五分钟呢。"

因为三人中未有一人停下合唱，所以一助略略提高了音量："真想把你们三个一个不落地送进我们医院去。三五郎，别弹你那钢琴了，给我取一杯水来！放它一堆食盐进去！大清早就听音乐可伤胃了。你们这三人的音乐，从来就没发挥过什么好功效。"

三五郎在厨房调制食盐水的这段时间，一助与二助开始了一场邻屋对话。二人似乎都仍躺在卧榻上。不一会儿，三五郎端着一杯水拐进了我的房间。他在女佣房门口将杯中的水喝去大抵一半，而后来到我的书桌前坐下。应该是通宵未眠的缘故，他的样子殊为疲累，一脸赌气的神情，屁股几乎坐满整张桌子，且还一言不发。我用两枚安全别针将包蔬菜的小方布固定到头上后便停下了这项工作，所以尚未固定的布角极不成体统地垂荡在我肩头，另有几枚安全别针被压在了三五郎的屁股底下。尽管我心急火燎地想要快快拿回我的安全别针，可三五郎似乎对他一屁股坐在我的安全别针上这个事实毫无知觉，只是死死盯着膝头的那只杯子，而后时不时地带着很是难喝的表情舔一口杯中的盐水。就三五郎的模样来看，他显然又动了回故里去种地之类的念头。此番想象令我不知不觉地发出一声稍稍带些顾虑的叹息。如此一来，三五郎也向着喝去一半的杯子，发出了一声尤为深重的叹息。

在这段时间里，一助与二助仍在继续着邻屋人士之间的对话。一助看样子已然忘记了音乐的恶劣功效，也忘记了他要的食盐水，正在慷慨激昂地发表着他的见解："既然人类会恋爱，那么苔藓就没有理由不恋爱。甚至可以说人类的恋爱正是遗传自苔藓类。这种观点绝对错不了。你看进化论不是已经做出了想象，说苔藓类应该是人类遥远的祖先吗？事实正是如此。证据便是，你想想，人类午睡将醒未醒的时候，心是不是会忽地一下子变回苔藓的心？就是那种紧紧贴在湿漉漉的泥沼地上，想动又动弹不得的感觉，那心理很是奇妙。这不正是苔藓的性情直到今天仍然遗传在人类身体里的佐证吗？！人类也只有在睡梦当中，才能够返回数千万年前祖先的心理。所以你要知道，梦中的世界极其珍贵。分裂心理学不会忽视梦的作用，其缘由正是……"

因为一助实在过于自我陶醉滔滔不绝，二助用一个哈欠打断了一助的理论，继而说道："自己变成苔藓的梦，我三天两头便会做一次，一点都不稀奇哦。但是，我这些梦好像不太符合你这些分裂心理学的法则。"

"你变成苔藓时的心理，都是什么样的？想必能给我不少参考。快仔细说一说。"

"但是，我已经说了，我并不想做什么病态的梦给分裂医师做参考。而且我一宿未合眼，实在困得很。"

"我不也没睡够，强忍睡意在问你话吗？！在分裂心理学领域，人类每一种状态下的心理皆可成为弥足珍贵的参考。说起来大抵也没有第二个人像二助你这般，如此嫌恶成为分裂心理的参考对象。这必然也是一种分裂心理。"

"你这样看问题才是一种分裂心理！但凡是人便统统当作病人对待，你这倾向实在叫人犯愁。"

"你看，你这样看问题才真的叫作分裂心理。不愿回答别人正经八百的提问，而只是一心渴盼着去睡觉。我们医院里住着一大堆这样的患者。这就叫持续症 *。"

"不管你往我身上套多少个病名，我绝对不是病人！为了证明这一点，无论什么问题，我都可

---

* perseveration，思维障碍的一种，患者会持续使用同样的词语或动作来应对不同的刺激。

以答给你看。你要我回答什么？"

"就是我方才问你的，只要小野二助你，不做夸大也不予省略地描述一下，小野二助你梦见自己变作苔藓时的心理。"

"要我说，再没有人比心理医师更会化简为繁，把事情搞复杂的了。生活在这种家庭，真是烦琐至极。虽说寄宿屋的女孩子确实一年到头总在我面前哭鼻子，可终究不比心理医师这般令我受折磨煎熬。我是不是索性收拾行装，打道回那寄宿屋去算了。"

"别沉溺在你那些不知所谓的回忆里。我早已备下本子和笔，都已经等了好一会儿了。快说来听听，但别说太快。"

"我，只是，忽然想搬回原先寄宿的地方去。在那里，我的……"

"事到如今你若还有这样的渴望，今天就给我住院去。我来负责为你主治，保管一个礼拜就让你忘掉那什么寄宿屋的女孩子。刚好第四住院楼四号房现在空着。之前住的也是一个持续症患者，昨天刚走。"

"不管你说什么，我都不是病人。你倒试试，我怎么可能扔下苔藓和小红萝卜悠悠闲闲去住什么医院？！不光肥料会捂出问题，植物肯定也会枯死殆尽。"

"如果二助你真是一个健康体，这种时候就该痛痛快快地向我描述你梦中的心理。"

"描述就描述！你可听好了。我作为一个彻彻底底的健康体，经常会做关于苔藓的梦。不过就是，梦见我自己，变成了我书桌上的那些苔藓而已。所以即便在梦里，我也从来不曾返回人类出现之前那般异常久远的、无异于人类祖先的苔藓的伟大心理。要说的就是这些。现在我可以睡了吧？"

"不够不够，要一五一十统统说出来。如此看来，在二助你的阈下，必定潜藏着省略或隐瞒的恶习。"

"我对我的阈下心理，可没有办法负责。你这纯属故意刁难。"

"所以我才说，阈下的问题交由我负责。我现在，只想知道——方才到现在已经问了你好几遍——二助你做梦变作苔藓时，那苔藓的心理。快给我说说，不许隐瞒。我们医院也有多人病房专门收治隐瞒症患者。十六人一间，房间大得就跟原野似的。没记错的话，应该还空着两三张床位。"

"你那床位跟我没有半点干系，我这就告诉你梦中的心理，证明给你看。听好了。我，变成了我桌上，种植盆里的苔藓。所以在我之外，还存在着一个小野二助。然后我，全心全意，渴盼着小野二助给我浇上一大堆滚烫的肥料，快快让我开始恋爱。这就是全部。除此以外，再无其他。我不过是想要尽快开始一场恋爱，一秒也不愿意多等而已。"

"然后呢？"

"之后我便醒了，又变回了小野二助，那些苔藓独立于二助而存在，排列在二助的书桌上。关于我的梦，再没有任何素材可讲，我要睡了。这下你总没问题了吧？"

"当然有。下一个问题更加要紧。"

"我都想索性躲去女佣房避难了。故意刁难也要有个限度。今天是个重要的日子，下午一点钟起有我不能错过的肥料课。也就肥料这册笔记，我绝对不想留下空白。"

"其实不瞒你说，我们医院里……"

"不管一助你们那医院空出了哪间病房，我都不具备住院的资质。"

"我要说的不是住院的事，你先别急。事情是这样的。我们医院里，住进了一个——（一助在此处将话语停顿了相当一段时间）殊为漂亮的人。"

"那个人，不是男人吧？"

一助未做回复。

此时，在女佣房里，佐田三五郎咽下相当大一口杯中的盐水，而后对我说道："其实我肚子正饿着。有没有什么好吃的？"

直到此刻我才终于领悟，原来三五郎今早开始心情不悦，全是饥饿闹的。

我打开女佣房的窗户，从窗格子的缝隙间向外伸出手。就在我的手千难万难总算够着了树篱上的橘子时，三五郎开口道："橘子的话，我昨晚已经饱食过了。现在我胃里酸过了头。感觉我跟二助绝对已经橘子中毒。下一次，二助再命我通宵的话，炊事员也要一道通宵，否则愁死人。世上哪里还有比通宵不眠更叫人饥饿难耐的？！就没有什么好吃的吗？"

我想起锅里还留有几只炖慈姑，遂来到厨房。可到底没能找见锅在哪里。

"什么都没有吗？"

身为炊事员，我顿感手足无措。就连昨夜应该还剩了一些米饭的木饭桶都不见了踪迹。

"那些东西还用问吗，早在昨晚就吃光了。那木饭桶在空气里暴露了好一段时间，里边的空气不排一排恐怕会出问题。不管什么东西，只要在二助房里放过一小会儿，就必须排一排。能找出什么好吃的吗？"

我翻箱倒柜寻了片刻，好容易取出一只装方糖的小盒，还有一只茶罐。在我这厨房里，除此以外还能有什么样的吃食呢？茶罐里边装了两片海苔。

三五郎吃一颗方糖喝一口盐水，吃一些海苔再喝一口盐水。他一副相当难以下咽的表情，一次次重复这一连串的动作。

在这段时间里，一助与二助再度开始了对话。

"这种时候你若睡过去会让我难办，"一助说道，"有些问题我无论如何都想在今晨跟你问清楚。再忍一小会儿总还可以吧？"

二助未做回复。

"不会真睡过去了吧？"一助略略提高了音量。

"我怎么可能睡过去。方才我就在问你，那人不是男人吧？"

"这种事情你还是不要关心为好。这可是个恶习。话说到一半被人提问，令我很是犯难。"

"我看一助哥你才有隐瞒的恶习吧。我决定去睡了。"

"你若睡了我真的很难办。事情是这样的，那个患者不是男人，她就像苔藓似的悄无声息，不管我怎么提问都不给我回复。"

"你提的都是些什么性质的问题，我倒是很想听听。"

"这个嘛，各种都有，身为医师，自然都是治疗方面的问题。我决计不曾问过那位患者治疗以外的事情。二助，我看你是陷入了刨根问底型分裂。主治医师与患者之间的问答乃是两位当事人之间的秘密，二助你如此刨根问底，实在令我很是犯难。"

"既然你说的事情如此无趣，我可真要去睡了。"

"事情是这样的，"一助忽就加快了语速，"那位患者在我面前自始至终一言不发，毫无疑问具备了隐瞒型分裂的倾向。看这样子，肯定是遗传了相当大量的太古苔藓类的性情。绝对是典型的苔藓后代。"

"这很正常，乃是返祖现象。我虽然不清楚动物和人返祖的机理，但不管怎么说，你也听过吧，在某个时候，某个地方，诞生过一个长着尾巴的人。医生研究他的尾巴，发现与狐狸尾巴一模一样，说是人逆着进化的过程倒了回去。这结论不是很有说服力吗？既然人可以返祖为狐狸，那么人的心理返祖为苔藓的心理不也顺理成章吗？"

"我可不觉得这很正常。还问我为什么？你自己想想，主治医师进了病房，可这病人既不发笑也不发怒。我简直要失去信心。"

"也不哭吗？"

二助提问得很是来劲，可一助的回答极度颓丧："若能对我哭一哭，我好歹也能拥有一些自信。"

"不过，对于哭泣的女孩子，还是事先想清楚，绝对不要关切为好。一旦关切了，就要花上相当长的年月去忘掉，而且这年月的流动可真是慢吞吞的。想我……"

二助的话说着说着就成了自言自语，含糊不明的絮叨持续了好一段时间，听不真切。

一助原本似乎还耐着性子听二助絮叨，但少顷之后，他急不可耐地打断了二助的絮语："你这推论对我不适用。绝对不适用。我身为一个主治医师，不过是碰到了一个沉默不语的患者，感到极其不便而已。我们的临床疗法，主要通过主治医师与患者之间的有问有答，来一点一点疏解病症。此等情况下，患者沉默不语，身为主治医师岂不等于迎头吃下一记老拳？你也替我想想，这样一来，我再无任何办法了解患者在阈下究竟渴求着什么。此等情况下，主治医师之外的另一位医师倒好，说什么'哇哦，这是何等典型的隐瞒型分裂！我也要来研究一下这位患者！'。但他这话显然是个借口。看看那家伙，隔三岔五便缠着我这位患者，来来回回重复同一个问题，已经重复了相当一段时间。而他这个问题就治疗而言毫无必要，纯粹是在折磨患者。我其实，也不乐意被人如此骚扰。若这患者能开那么一次金口，明明白白地回绝那家伙，我好歹也可以实实在在地安下心来。"

"女孩子这种生物，是不会一见面就开口回绝别人的，反倒会尽一切可能把回绝之前的年月拖得长长久久。那究竟是一种什么样的心理，我苦思不得其解。"

"我这边的是个病人，不能和身为健康体的女孩子一概而论。责任还是在那该死的医师。那家伙每每都趁主治医师不在的时候才进病房。胡搅蛮缠也要有个限度。总有一日，我必定也要给那医师疏解一下他的分裂心理。

"你想想，就算我是主治医师，也不能把自己的病患交给一个不讲医德的医师不是？所以每次只要那家伙一进病房，主治医师也会跟进病房。而只要主治医师一跟进去，那家伙便会对着记事本，咬着铅笔，佯装出一副苦思冥想的样子。他那记事本，着实会让主治医师产生兴趣，主治医师极想看一看那家伙的记事本，真心实意地想看上一眼。可那家伙一次都不曾把记事本忘在口袋外边。非但如此，那家伙还会从主治医师手里，取过主治医师带进病房的诊疗日志，用一种殊为沉重的表情一页页翻看。那家伙的目的，显然是探查主治医师与患者之间心与心的进展。

"在我那家医院，这样的情景日日上演，日复一日。我这一天天的，过得着实了无生趣。"

"此种时候，人便会想要踏上一段漫无目的的旅途。"

"我要不，也索性踏上一段漫无目的的旅途。"

"我可不想看到我的家人踏上这样的旅途。留在家里的人注定连学问都做不了，无人能够幸免。"

"二助你出门远游那会儿，即便是我都读不进一页书，几乎连诊疗日志都没法写。我还不是都忍了下来。这一次该轮到二助你忍一忍了。"

"总之，你先想想办法，让你那女孩子患者开口说点什么。待女孩子开了口，若她答复说应允了，你也就不必踏上什么漫无目的的旅途了吧。"

"此等幸福，我，想都不敢想。我索性还是踏上旅途吧。"

"快停下你这被害妄想。一助哥，若你真陷入这样的被害型分裂，我倒反过来要把你送进医院去。遭人回绝后再出门远行，简直遭罪。若真到了那般地步，你就去荒野山的寺院好了。我帮你给寺里的和尚写封介绍信。那座寺院里虽然吃的都是素斋，不过在斋堂的地炉边上，有一杆从天花板上吊下来的秤，所以称体重不会有任何不便。说来也怪，素斋这东西会生出个日课，让人天天都想称个体重。"

"那跟素斋没关系，都是失恋惹的祸。大凡失恋的人，刚失恋那会儿都会静默无声地旁观肉体日渐消瘦的过程。"

"最开始，当你手抓秤的一端悬空吊挂的时候，会感觉自己像条咸鲑鱼，不过没关系，此时和尚会在另一头拿着砝码加加减减，着实花上很长时间，精准地给你称量体重。且悬空吊挂时，生着火的地炉里刚好会升起一股烟，顺带让你体验一番烟熏鲑鱼的心境。吊着吊着，你就会想尝一尝这鲑鱼。想我那时的心理，绝对分裂成了两部分：鲑鱼的心理与小野二助的心理。

"再之后，必定会有一个老翁从山脚下的村庄找上门来。一助哥，你替我给他带个话，告诉他，荒野山山脚的土壤绝无希望。"

"这种时候说什么绝无希望，这说法可不太好。换作是我，定会选个给人留些念想的说法。说话晦气也要有个限度。"

"用漂亮话虚言矫饰毫无益处。那片山脚的土壤，只不过是盖在地球表面，作为农耕用地绝无希望。我那些小红萝卜能有如今这番长势，与山脚的土壤毫无干系，都是我调配的肥料造就的。为了给那老翁略做参考，一助哥，你且帮我带一张处方笺过去，我调配的肥料的处方笺。如此一来，那老翁便会知晓我调的肥料是何等昂贵，必定会断了他将山脚用作耕地的念头。"

"我决定不去这山中寺院了。那老翁深爱着山脚的土地。这爱的心理让他无论发生什么都不可能彻底死心断念。我可不想去到这老翁居住的土地，承受他那些族人倾注而来的感伤。"

"但若我调配的处方笺依然不能让老翁了断念想，一助哥，你恐怕得给老翁诊治一下。所以说哥，你必须去一趟那座寺院。看那老翁的样子，绝对罹患了偏执型分裂。总之，我关于小红萝卜的研究到此为止。我要把萝卜田清理掉，把进入恋爱期的苔藓一盆一盆搬到雅格那边去。就这么办。我这就命令我们家的女孩子清理萝卜田。啊，届时我做研究的房间，便会飞满苔藓的花粉，满得叫人发呛，成为一间谈情说爱的居室。

"照此想来，小红萝卜的笔记不足以成为毕业论文。即便是毕业作品，也绝对是内含恋爱的论文更富有趣味。好了，我要睡了。"

"我今早，从一大清早开始，就有一个殊为重要的问题尚未发问，"一助忽然变得极度迫切，"是这样的，按说那般重度的隐瞒型患者本该迁入十六人病房，安排她与别人一道生活会更好，可患者本人决计不愿离开单人房。说起来，那症状，正是遗传自人类祖先——太古苔藓类。这些遗传了苔藓类性情的人，总也怀着一种渴望，只想寸步不移地扎根在同一个处所。着实叫人犯难。单人房虽说合了主治医师的意，但同时也合了另外那个医师的意。"

"看来，大凡恋爱中的人都是如此，就是爱把话题一个劲地扯回到恋爱上。干脆让那女孩子出院吧。"

一助未做回复，代之以一声深沉的叹息。见此情景，二助说了下边这番话："我来安设一个痴言恋语箱好了。我朋友里有个男人，特别较真，一板一眼。他房间里安了一个箱子，名曰痴言恋语箱。只要把钱塞进这箱子，就决计不会再退回来。根据访客话题的性质，有时不得不塞进整整两枚五十钱的硬币，就是这种意义的箱子。我那朋友时不时会用钥匙打开箱子，而后跑去电影院。至于他自己，一年四季都在恋慕女影星。"

"那他的罚金呢，又会缴到哪边的痴言恋语箱里？"

"我那朋友的理论是：恋慕具备肉体的女人是为不洁。所以恋慕电影里的女影星，自然无须缴什么罚金。"

"看来你这朋友罹患了一种精彩绝伦的分裂。我一定要为这男人诊治一下。你能不能今天就把这男人带到我的医院来？"

"我一年四季都在为肥料钱窘迫不堪。这痴言恋语箱的收益就给我买肥料好了。"

"我的问题皆因研究学问而发，这些问题全然不足以收进痴言恋语箱去。好了，我且正式发问。是这样的，昨夜二助你熬了一个通宵，成就了一盆苔藓的恋爱，那是一场什么样的恋爱？这个问题我需要殊为详尽地了解一下。我乃一个不幸的主治医师，我那患者就跟苔藓一个性情。所以，我想在治疗我的患者时借鉴一下苔藓的恋爱。二助你且跟我说说，你桌上这苔藓，恋爱时是不是也带有隐瞒型特质，默不作声；或者带有分裂型特点，分不清爱的是两人中的哪一个？"

"我这苔藓的恋爱，可全然没有什么可以给心理医师做参考的地方。我的苔藓开始的恋爱无比健康，也无比专情。苔藓这植物实在是一种殉情式的存在，绝非那种自己爱上谁都分不清的色情狂。随意攀扯也要有个限度。"

"啊，确立不了诊疗方针着实叫我犯难。难道就没有什么办法，可以知晓二助的苔藓在阿 A 和阿 B 之中，其实归根结底只爱着阿 A 吗？若有这样的办法，能不能替我实验一下？如此一来，我便可以将二助的方法应用到我的患者身上。"

"你自己看看，我这房间飞满苔藓的花粉，满得叫人发呛。这恰恰证明苔藓正在进行一场健康的恋爱，证明它们绝无分裂心理。"

"那二助你能不能为我培养一下苔藓的分裂心理？把你那滚烫的肥料与冰冷的肥料如什锦烩一般浇上去，是不是就能培育出给我的诊疗提供参考的苔藓来？"

"你怎能想出如此可怕的主意！竟要我在地上无端生造出带有此等异常心理的苔藓，简直荒唐透顶！你自己想想，一旦生造出来，它们的子孙后代，都会因着它们的变态心理而受尽折磨，永世不得解脱。就为了一助哥你一个人的恋爱，我可不想变成植物悲剧的始作俑者。简直可怖至极。我睡了。"

"你这家伙，这种时候若能睡着尽管睡！睡成一头猪去！啊，我是彻底睡不着了。"

伴随一助深沉的叹息，这场对话画上了句点。

因为一助与二助的对话着实跨越了相当长的时间，在此期间我已准备完早餐，顺带刷干净了金属盆的盆底。至于三五郎，很早以前便已在我房中沉沉睡去。

一助已经到了必须吃早餐的时刻，可他全然没有起床的意思，只听他房里传出好几声沉重的叹息。末了，他用极小极小的声音自言自语了一句，跟着家中便是一片死寂。

他说："我到底没能找到治疗方法。啊，耗费一早上的时间都未能找见。今天且休假一日不去医院了。"

此时此刻，我学习的房间被三五郎用作了卧室，于是我取了一本书拿到客厅，在餐桌上读起来。然而我这脑袋究竟是轻是重，我感觉自己也说不清，只能片刻不休地摇头再摇头。就这样，我这书读了半天也不见往后翻。我的头发被一条长长的黑布条层层卷裹遮住，黑布条的两端绑在脑后垂挂下来，恰好可以护住我寒凉的脖颈。然而，我这脑袋怎就让我觉着仿佛是从别处借来的呢？——我数次摇头，而我这本书自始至终都翻在同一页，摊放在餐桌上。我半点不曾读书学习，反倒沦陷进了关于失恋的思索中。

用黑布条裹住我的脑袋乃是佐田三五郎的主意，他靠着方糖和海苔多少缓去了一些通宵未眠的疲累，同时也开始对我头上包蔬菜的小方布感到极度不悦。他说我这脑袋简直不伦不类，还说即便是最最野蛮的土著姑娘也不会把头包成这副鬼样子。他嘟哝这些话的同时从我头上取下两枚安全别针，一把摘掉了小方布。

"想哭也给我忍住。这世上就数女人最舍不得自己的头发。着实不好办。若能把一助哥的镜子借来，用两面镜子让你看看整个脑袋，想你也不会要哭。可是你看，一助哥他现在走在失恋的路上。（此时一助与二助仍在进行那场对话。）我可不愿在这种时候进到一助哥的房间去拿镜子。所以，眼下这会儿，你就当自己已经照过镜子，好好安下心吧。这种心理也不是不能体会，不是吗？"

可我还是想要个东西把头裹起来。外边晨曦已至，若我光着脑袋去井边打水，晚秋的朝阳必定会立刻连着我的脖颈一并照射。而那时的我尚未准备好把我这样的脑袋暴露在朝阳里。

我再次取过包蔬菜的小方布，把它放在膝头叠成三角。这时三五郎终于站起来走到钉子下方。而后他对着钉子上的波希米亚式领结喃喃自语道："费工夫剪成的蘑菇头却要用一块破布片包起来，这绝对是殊为严重的隐瞒型。着实不好办。虽然我全然不赞同，可是，我又怎么敌得过女孩子的渴望。"

之后三五郎解散领结的结扣，将波希米亚式领结变作一条长长的黑布条，包裹起我的头发。

"但凡这样的事情，"三五郎一面将布条余出的部分垂挂到我的脖颈，一面说道，"看上去明明还挺漂亮，可唯独本人看不见，所以才会自怜自哀以之为耻。女孩子就是会徒劳无益地虚耗情感，真不好办。对了，你快些做饭打发一助去医院，否则我睡也睡不着，真不好办。可有什么办法让那两个失恋难友别再叽叽歪歪？我姑且就在这房里睡睡看吧。"

此时一助与二助仍在说个不停。而三五郎刚一钻进被褥便睡了过去。

佐田三五郎睡了，小野二助睡了，而小野一助不再言语，此后家中安静下来，恰好适合做完早饭的我展开一场关于失恋的思索。这个早晨，于我家中的这些成员而言，真是一个与失恋牵扯颇深的早晨，以至于我的思索源源不绝许久未尽。不过，我脑袋的状态总也契合不了身体，所以关于失恋，我终究未能形成一个明确的观点。我到底是用一种缺乏自信的思维思索道：失恋是不是苦涩的？在苦涩的尽头，它会不会让人变得勤勉好学？二助彻底失恋之后，如此这般专注投入地研究起了肥料，那么一助现在若也失恋了，他是不是也会提笔写起心理学的论文？天哪，失恋这东西，竟能对人产生如此伟大的力量吗？若是如此（我突然放低了思索的声音继续思索着），三五郎为了成为音乐家必须失恋一次，而我为了写出第七感官的诗也必须经历一场失恋才行。就这样，在我眼中，失恋就某一层面而言具有了一种高贵的品性。

当我沦陷进这场思索时，在一扇拉门之隔的

一助的房中，他忽就开始翻来覆去。他似乎正左右交替地翻动着身体，而后用这世上最轻最小的声音嘀咕道："我休假不去医院可不是为了陷入这样的心理。世间还有什么东西比人的心理更不遂人愿呢？我几乎想给这脑袋来上一拳。若睡的时候心脏朝下，心跳便会怦怦作响叫人犯难。这绝对就是坊间传言的不祥的预感。若睡的时候心脏朝上，身体的轴心又会晃晃悠悠叫人犯难。这绝对也是另一种不祥的预感。我此刻的心情如同陷入空洞，似有某种殊为宝贵的东西离我而去。即便我再度让心脏朝上，你看，这不祥的预感依旧不见消停不是吗？这情况，殊为严重，绝对是关于医院情势的不祥的预感。直到此刻，我终于有所体悟。人类也具备第六感官。千真万确，与生俱来。人这第六感官，虽说终年沉寂不发挥效力，但在一种特殊情况下当即便会起效。那便是人开始恋爱的时候。我姑且再把心脏转到下方试试。你看，这第六感官的心跳仍然在怦怦作响不是？我此刻的心情彻彻底底陷入了空洞。啊，我那患者，此时此刻在做些什么？这一分这一秒，又有什么人进入我患者的病房？

我不能再待在这里。（一助突然一跃而起）必须
去医院看看。"

　　我赶在一助现身客厅之前躲进了厨房避难。
我不想把我这黑布条包裹的脑袋暴露到一助的眼
皮底下。之后我又不得不进一步躲进女佣房避难。
因为一助来到厨房非常急切地洗了一把脸（他连
将洗脸盆拿去井边的时间都不舍得浪费，就着我
刚刚刷干净的小金属盆洗了脸），旋即折返回客
厅。而我则从熟睡不醒的三五郎的脑袋边折返回
了厨房。

　　我坐在离一助最远的厨房的角落，读起片刻
前刚刚从女佣房取来的一册藏书。然而在这里，我
的阅读也一样不能契合我的身体。因为就在拉门
的另一边，一助破天荒地抱怨起了饭食："这饭可
真不好吃。味噌汤里的裙带菜和味噌汤着实不够
泾渭分明。在心脏怦怦乱跳的时候要咽下这么一
碗味噌汤实在叫人犯难。"

　　此种时候家里却连一片海苔都寻不出，我悲
从中来，打开了橱柜。恰好在橱柜的最底下，剩了
一盒滨纳豆。这东西我早已忘得一干二净，摇了摇，
传来一阵空洞的声响。我将拉门拉开一道仅能伸

过一条手臂的缝隙，把手臂前端五寸＊长的部分探入客厅的领地，费了番工夫，总算将这盒滨纳豆放进了客厅。

滨纳豆忽就激起了一助的食欲，一助就着这东西心急火燎地吃完了一顿早餐，而后与餐后那声长叹一起陈述了一条意见："滨纳豆对心脏的缠结殊为有效。着实非常有效。能够帮助缠结的心脏进行消化。我要把这东西告诉给我们医院的炊事员，让那些心脏缠结的患者日常食用。这主意着实不错，此种心理也唯有心脏获得疏解时才会浮上心头。心脏的疏解乃是尽情享受了滨纳豆的结果，我一定要把这东西告诉给我们医院的炊事员——不过，吃完之后，我似乎，一下子松懈下来。考虑到医院的情势，过度松懈可会令我犯难。我不能再待在这里。"

而后一助便风风火火地出门上班去了。

剩下的两名家庭成员仍在熟睡，我回到客厅，我们这个家着实寂静。这份寂静妨碍了我的阅读，反倒将我引向了梦乡。

＊ 日本长度单位，一寸约为三点零三厘米。

三五郎的房中，清冷的空气里，三五郎的被褥恰好铺在地上。我毫不迟疑地准备入睡，但因为二助房里延绵不绝散出的臭气的余味和这份清冷，我到底只是呆呆地望着天花板。正对我面孔的天花板上刚好有一处破口，破口上边亮着一星微小的薄光。三五郎房间屋顶的破洞恰好就是树篱上一颗橘子的大小，于是我，望着被隔绝得只剩这一丁点大小的秋日的天空，望了好一阵。这清寂的风景，自然而然将我的心理引向了下边这番思索：三五郎他，在夜晚入睡前，是不是也会透过这一处破口望向天上的星星？也会望星星，望上一阵子吗？而后将近中午三五郎睁眼醒来时，在他心里，这天空是否也像此刻我心头所感的这般，会唤起一种似在窥视深幽井底的感觉？所谓第七感官，莫非就是我现在所感知到的这种心理？我明明仰头望向天空，可我的心理却在俯首看向深井。

　　想着想着我睡了过去。

　　这一日午后，三五郎与我，要开始动手清理二助的萝卜田。命我们二人进行这项工作的正是小野二助，三五郎为此没有去上艺考讲习班。

　　我不曾料到我竟在三五郎房里睡过了头，二

助为了叫醒我似乎颇费了一番工夫。当我从梦境边缘一跃而起坐在被褥上的时候，二助就站在我眼前，他一边极度害怕自己赶不上肥料学课程（这点从他飞快的语速中展现得一清二楚），一边发出指令："今晚之前帮我把那些小红萝卜处理掉。千万要注意的是……你这样睡不醒真是叫人犯愁。快给我清醒一点。我简直像在对风说话。靠不住也要有个限度。（可我当时并非只是没睡醒，另一方面也因着脑袋上的黑布条而在二助面前感到拘谨。我睡着那会儿，这波希米亚式领结早已歪得不成样子，布条下边的头发显然已经肆无忌惮地戳了出来。）千万要注意的是，今天之内，必须把那些菜叶子，统统焯水做成拌菜，一片都不能浪费。听明白了吗？（我点头。）我必须尝一尝根据我的处方笺培植出来的菜叶是何种味道。这是一次实验，目的就是看看我的肥料处方笺会对人的味觉产生何种影响。所以你若把菜叶丢弃，着实会令我犯愁。芝麻和其他调味料用得越少越好，你就用菜叶原本的味道做一盘拌菜出来。哎，我眼看，要赶不上我最重要的课程了。你听好了，把雅格上的萝卜田清空后，就把进入发情期的……（二助说到此处忽然打住话头，似乎显得格外焦躁。）不，不该这么说。看样子，人通宵后的第二天过于口无遮拦，想到什么说什么，很令人犯愁。着实令人犯愁。总之，我房间那片雅格，今后要变作苔藓沙龙。你去给三五郎下指令，让他把昨晚那一盆——三五郎他是知道的——把那一盆相当慎重地搬到雅格去……完了，我终于，真的要赶不上了。我绝对不能再待在这里。"

而后二助便风风火火地出门去了学校。

我忽然觉着有成千上万件工作等在前方，责任重大，遂来到三五郎处探探情况。当我在女佣房门口坐下时，横在女佣房门口的三五郎的脸上，一双眼睛睁了开来。我遂和三五郎商量道："必须要把萝卜田清理掉，可是……"

我才刚说这两句，三五郎便打断道："这是想做什么？若从那种地的房间里清理掉萝卜田，那会是什么样的光景？！你试试，在没了萝卜田的房间里，只堆上那一堆堆山也似的肥料，岂不是更突出肥料的不洁？！脏也要有个限度。"

"二助说要把那片雅格，变作苔藓沙龙……"

"棒极了。这可真是棒极了。二助这想法着实不错。说起来他那房间实在种地种过了头。你想想萝卜田和那些人工光源能和谐到哪里去。不和谐也要有个限度。螺口灯泡这东西只有和恋爱沙龙才相称。"

"可是，分教场那边动不动就旷课没问题吗？"

"当然没问题。我日日盼着如此。"

三五郎一跃而起穿好衣服。他去了厨房，把我做饭时用来擦手的灰色手巾绑在了头上。三五郎的态度刺激了我。我也该把脑袋上松松垮垮的布条重新裹紧才对。

我想解开波希米亚式领结的结扣，却解得心烦气躁。三五郎一把扯去我头上的布条，将皱巴巴的波希米亚式领结直溜溜地摊开在女佣房的盖被上。

"你牢牢抓紧那一头。别总是不停地摇脑袋。真叫人不省心。"

三五郎从我的书桌下取出盘发用的发梳递给我。至此，我终于可以将额前的头发固定住了。

就在这床盖被上，三五郎和我按住波希米亚式领结的两端，"噼噼啪啪"一阵拍打。为了尽最大可能拉平我这块包头布上的褶皱，我们拍打得相当专注。

三五郎与我的早饭都过了正午，我们二人进餐时头上皆包着一块布。可是他究竟想起了什么？他一言不发，与他方才一跃而起时的气势极不相称，而且吃的时候若有所思。我素来不喜这般沉默的时间，遂与三五郎商量此刻我心头最为沉重的担子——如何处理小红萝卜。那些菜叶子的量恐怕相当惊人，我最开始该用什么样的容器来清洗它们？这对炊事员来说实在是一项思来想去多有纠结的工作。

"把那些沾了肥料的东西放进打水用的水桶里……"

"饭桌上别端出不合时宜的话题。这种时候不要想那什么腿浸在肥料里的萝卜，安安静静地想着苔藓就好。要说这苔藓的花粉……"

三五郎忽地灌下一杯廉价绿茶，忽地就不说话了。我素来不喜继续这样的话题，恰在三五郎陷入沉默的时候，我离开了他的身边，去打开二助房间的遮雨拉板。在年轻女孩子看来，苔藓花粉之类的问题可不是二人独处时该聊的话题，各自分头去读二助的笔记便好。

我将檐廊上的遮雨拉板统统打开，进到二助的房间，此时三五郎依旧处于一种我所不喜的状态。他坐在二助的椅子上，双手搁在桌面撑着头，呆呆看着某一盆苔藓。在他的两个手肘之间，摊着一本翻开的论文。

面对此等状况，我必须手脚麻利地开工干活，于是我站在隔扇边环顾房间。可是，二助这间研究房里的光景真是叫人无从下手。房间彻底陷落在通宵之后的混乱之中，我，完全不知该从何处着手。我到底是茫然无措地呆立在了木饭桶旁，从房间里一片混乱的光景中，我注意到一处足以唤起我哀愁的小小的风景。从三五郎坐的椅子的脚底开始，一直到煮肥料用的砂锅所在的地方，散落着我头发的碎屑。它们此刻已成了略带褐色的碎末散在地上，在碎末变得稀疏的地方有一只装着液体的瓶子，而到了碎末几乎彻底消失之处则放着那口厨房用的锅。事到如今，我想起了祖母和她的美发药，摇了摇裹在波希米亚式领结里的脑袋。

在此期间三五郎仍是那副状态，先是看着苔藓发呆，而后看看笔记，之后又看向苔藓，无所事事地任时间流逝。蓦然间，他似乎注意到我，发话道："怎么了？把鼻水吸回去。"

而后三五郎对着我的脸看了一会儿，终于意识到我的视线落向的处所。他甩了一下头，依旧盯着地上的榻榻米，轻声咕哝道："我似乎有些不对劲。莫非通宵之后的第二天就算从早晨睡到正午，心也不会变得清明？我对除去萝卜田提不起丝毫干劲，反倒很想空虚茫然地思考一下苔藓。和女孩子吃饭的时候，我忽就变作了这样的心理。然而，撒在榻榻米上的这些头发碎末真是不同寻常。看着它们，即便我想把它们当作普通的褐色粉末，也决计无法如我所愿，不是吗？女孩子的头发，就算脱离了女孩子的脑袋，化作细碎的粉末，也依旧是活的。在我眼里这些碎末就是活物，挡也挡不住。你看，同样是碎末，二助做成粉的肥料就是稀松平常的粉末，是已经死去的粉末，不是吗？跟炒麦粉和金砂糖没两样。可唯独头发的碎末，不可与之同论。"

三五郎猛烈地摇摇头，似要甩脱某个念头，而后再度转向笔记。

就三五郎这副样子，不知何时才能开始清理萝卜田，我遂打开木饭桶盖看了看。木饭桶里边米饭颗粒无剩，只横着两只小勺，这两只勺子足以说明二助和三五郎昨夜是怎样的一种吃法。接着我又揭开厨房用锅的盖子望了望。在这里，我再一次得以充分想象通宵之人是何等饥肠辘辘。锅里边，别说炖慈姑，就连汤汁都已一滴不剩。我将锅放入木饭桶，搬去了厨房。

待我提着洗东西的水桶回到房间时，三五郎仍旧坐在桌前，专心致志地读着那篇苔藓论文。于是我便独自一人清理起了萝卜田。我用右手轻轻捏起单根试管里的小红萝卜，让它漂浮在左手提着的那桶水中，而后转向下一根试管。好一段时间里，我一直进行着这项工作。

三五郎与我恰好隔开一张半榻榻米的距离，二人背对着背各自做着各自的事情。就在洗涤用水桶里的小红萝卜覆盖整个水面的时候，三五郎将笔记扔在了榻榻米上，依旧背对着我说道："要不趁今天把家搬了吧。刚好这萝卜田今天便要没了，正是搬家的好时机。"

我手里提着洗涤用水桶，转头看向三五郎的后背。只见他两手抱头，似要将脑袋扔出去一般瘫靠在椅背上，姿势甚是怠惰。

也不等我答话，三五郎便接着自言自语地道出下边这番话。在他自言自语这会儿，我时而不再看他的后背，时而又再一次看过去。

三五郎自语道："我现在，不知为何，就是有一种，举个例子，想要拉一拉装满一大车行李的搬家板车，这样一种心理状态。不管怎么说，今天是昨夜之后的第二天，昨天二助的苔藓开始恋爱，生出了花粉，结果我便大口大口地吸着花粉给女孩子剪了头发，之后……啊，难道女孩子已经不记得昨夜是怎样的？莫非女孩子这种生物，就是会在事后的第二天一味陷入回避型分裂？我明明拿起了二助的笔记，可是你看，女孩子那厢根本不愿二人一起读一读苔藓论文，反倒提来了洗东西的水桶不是吗？所以我此刻的心理只想把这些萝卜田的试管敲个粉碎。即便把那架破钢琴敲成两半都不能让我满足。说到底，我就是想把某个东西狠狠捏成齑粉。所以我为了不把东西捏成齑粉，需要拉一拉重重的搬家板车。"

三五郎忽然从椅子上站起来，捡起了方才他扔下的笔记。而后他像举着乐谱般用两只手握住翻开的笔记本，以前所未有的声量唱起了喜歌剧。

不过，三五郎的音乐充其量只是一种声音大得几乎要破裂的发泄某种心理的举动，是拉搬家板车的代偿性做法。而且他时时刻刻都背对着萝卜田的方向。

三五郎费了相当一段时间才尽情尽兴地唱完，他唱歌这会儿，我一直愣愣地看着他的后背。当三五郎停下喜歌剧，甩了两三下头，而后将头上的手巾重新绑紧时，我离开了房间。我必须把水桶里的菜提到水井边清空一次。

待我重新和水桶一道回到房间时，三五郎已经来到萝卜田边，正在等待水桶回归。为了显示他已鼓起干劲准备清理萝卜田，他将我也举向天花板，并在把我放回到榻榻米上的同时积极勤快地干起了活。三五郎一面勤恳利落地收菜，一面唱起来，这次是音阶练唱，声量与平素相当。当音阶不合他意时，他便停下收菜的手，将清除了作物的一排排试管当作钢琴键盘边弹边练。

我第一次与两位邻人打照面，正是在我提着满满一水桶的小红萝卜穿过自家玄关的时候。难道我们这一家人不是因着音乐而给邻人添了许多麻烦吗？二位女客看样子到访已有一阵，正呆立在玄关不知所措。在我眼里，两位访客起初就是黑乎乎的一团。这乃是因为她们二人穿的衣服都是黑乎乎的，一个人从头到脚全是纯黑色的洋服，略靠后站的另一个人穿了一条黑色的和服裙裤。而后我意识到她们二人乃是访客，便跪坐到玄关门口的榻榻米上，行了一礼。然而，我们这家里的气氛还有我这一身装束，似乎都未能给访客留下任何愉快的印象。我脑袋上缠着一条领结拆成的黑布，膝盖旁摆了一只飘出阵阵萝卜味的洗涤用水桶，而从房子深处不断传来三五郎的歌声。在此般情形下，访客中的一人（身穿洋服的那位，看上去像个老师）开始对我说她们搬进了邻户的房子，但未说几句便很快停下了。此时我终于意识到应该把三五郎也叫出来。

不过即便三五郎也来到玄关，我们仍然无法带给邻人任何良好的感觉。三五郎与我，两人头上都裹着一块布片，并排跪坐在玄关的榻榻米上。做老师的邻人似乎对我们毫无兴趣，讲了一段搬来做邻人时最最简短的问候语。三五郎与我并未答话，只是低头伏身回了一礼。这时，在后方已经站了好一会儿的另一位访客（穿黑色和服裙裤的那位，看上去像个学生）从怀中取出一张纸片，尽可能地将其放在玄关最靠角落的地方。那位置恰好就在从隔扇阴影里仅露出半边的洗涤用水桶旁。而后三五郎与我，便在两位邻人已然归去的玄关，盯着那张荞麦面券盯了许久。

我们这一家子总也因着音乐吵吵嚷嚷，相比之下邻人那一家总也安安静静。而那个第一次打照面时穿黑色和服裙裤的邻人学生与我之间的往来，从开始到最后都殊为肃静且沉默。因为邻人与我相互传达彼此意愿时几乎不通过交谈，而是采取了别的方法。

这位邻人，她似乎也是邻户人家的炊事员，也住在女佣房里。加上初见时穿一身黑色洋服的邻人老师，她负责做两人份的饭食，那条黑色和服裙裤是她傍晚到夜间去听课时穿的衣服。我这位邻人日间过着炊事员的生活，夜间则过着夜校国文科旁听生的生活。另外，那位初见时看似是老师的邻人，事实上也确是宗教女校的英语教师。她似乎抱持一种观念，认为所有事物都必须合乎礼法。就比如，两名年纪轻轻的炊事员在诸如水井边这样的地方肆意攀谈，绝非合乎礼法的举动，那老师的观念不就是如此吗？

且说两名炊事员之间的交往最开始正是始于水井边。事情就发生在清理了二助那片萝卜田的第二天，我在用洗涤用水桶清洗菜叶，邻人则在用邻户的洗涤用水桶清洗两双黑袜子。我们度过了一段全无只言片语的沉默时光，在此期间皆以行动展现着邻人之间的情谊——邻人将洗完带着肥皂沫的袜子，团作黑乎乎的四团摆放到我的菜叶旁时，我将一簇小红萝卜挪到一边，邻人将她的洗涤用水桶放到挪出的空位，而后我开始按压水泵。我这样做只是因为我恰好身处水泵把手边。可是我按压水泵时极度乱无章法，因此邻人的洗涤用水桶里忽而有水流入，忽而又没了。此刻我已不再裹着包头布，我的头发伴随着水泵的上上下下一次次垂落到额前，所以我按压水泵时一次又一次不停地甩头。邻人见此情形，从她头上取下一枚小小的橡胶发梳，绕着水井转了半圈，帮我固定住了头发。

我从这一日早晨开始不再缠裹包头布。早上醒来，我的包头布早已离开我的脑袋，躺在了女佣房的榻榻米上。而我，也彻底断了把头发包裹起来的念头。三五郎买的那只波希米亚式领结，如今，已经成了黑黑的一团，与美发药一起沉睡在我的小篮子里。

当邻人需要将四只袜子晾挂到橘树篱上时，我提着其中三只跟在她身后走到了树篱边。邻人先将她手里那只晾好，再从我手中取过第二只，当我手里仅剩最后一只时，我将它晾挂到了橘树枝上。而后我们便沉默不语地看着，看水珠从袜子上滴落。

最后邻人帮我一起处理了我的那些菜，所以我居然没用多久便去除了小红萝卜上的臭气。邻人与我采取了这样的步骤：先将我那只洗涤用水桶里漂洗过的菜移入邻人的洗涤用水桶，而后倒进篓子里。最后邻人与我轮番按压水泵，用殊为漫长的时间往小红萝卜上冲了不少水。

当菜彻底变干净时，我第一次对邻人开口，犹犹豫豫地问她要不要拿些菜回去。邻人也同样犹犹豫豫地回绝了我的邀请（理由是她家里的人大抵不吃这东西）。而后她提着在橘树上沥过水的四只袜子回她家里去了。

傍晚，我坐在厨房门边的檐廊上，看着篓子里的菜陷入沉思。终于要将二助培植的小红萝卜拿去烹煮，可我对这件事仍存有诸多犹疑。不过这个问题，刚好被一前一后归来的三五郎和二助从不同角度进行了一番考察。早一步归来的是三五郎，他一副殊为雀跃的样子穿过厨房，拉开女佣房的隔扇一看，这才注意到我坐在厨房门边。三五郎右手拿着一只烫发器，时不时夹一夹我的头发，而后又像挥动音乐指挥棒一般挥动着它，说道："今天分教场的老师夸奖了我，所以我买了一只烫发钳。被人高度夸赞时，果然会想买点什么。老师让我唱了三次，三次都夸奖了我。（三五郎唱起了歌，将指挥棒抖成了波浪。恰在此时二助来到厨房，站定在三五郎身后。）今晚我就帮你把头发弄得漂漂亮亮，记得留着炭炉的火别熄。千万不能忘哦！"

"若能让朝向各个方向的头发统统指向一个方向，那倒不错。不过我饿了。你若不快些把我的作物做成拌菜，会让我很犯愁。"

"这种作物做出的拌菜我可不想吃。（三五郎取过篓子放到鼻子底下闻了闻。）你看，这气味果然跟萝卜田一模一样。"

168

二助也查验了一下篓子里的气味，道："这就是小红萝卜该有的气味。这不是根本没留下一星半点肥料的味道吗？你若不能忘掉那些试管，公正地使用你的鼻子，会让我很犯愁。"

三五郎再度嗅验篓子后，问我道："你真的彻底洗过了？"

于是我将日间与邻人一起清洗小红萝卜的步骤，仔仔细细讲述了一遍。三五郎听后忽然放下篓子，道："所以你就用邻人洗了两双袜子的洗涤用水桶清洗了这些菜？"

"嗯。之后又费了好长时间往篓子里冲了水。"

"不管你冲水还是做什么，那也还是脏。这些小红萝卜借着邻家洗涤用的水桶，间接沾到了邻家老师的袜子。我偏偏还不怎么喜欢邻家这个老师。第一次打照面，我脑袋上绑了块脏兮兮的手巾，那模样全被她看见了。而且，隐隐约约，我总有一种感觉，觉得她会指出我的一堆缺点来。在我看来，这邻家的老师未免刻板。这样的人做邻人实在威严过了头。我今天从分教场回来，偏巧跟这老师乘同一班电车，她应该也是从宗教女校回来。而我从下电车到回家这一路，决计不敢超到邻家

169

老师的前面。所以她那双黑袜子我整整看了一路，那两条腿就跟棍子似的，绝无半点曲线，除了刻板还是刻板。洗过那双袜子的水桶洗出来的菜，味道注定刻板无疑。"

"不必担心。这些小红萝卜本就是我耕种的。在邻家洗涤用的水桶里泡个两三分钟不会有任何问题。我和邻家这位老师尚未谋面，不过近段时间三五郎的想法似乎总带着一些偏见。先是极端地嫌弃肥料肮脏，现在又觉着邻家的袜子刻板，该不会有什么必须让一助哥诊察一下的心理正在慢慢滋长吧？你公正地想一想，肥料也好袜子也罢，全都是殊为神圣的才是。"

"我说二助，你才应该公正地想一想（三五郎用烫发器的顶端夹起一簇小红萝卜伸到二助鼻子前）。另外，我可没有陷入什么要劳烦一助哥诊察的心理。我不过就是觉得，若一定要有一户邻人，还是不那么威严的邻人……"

二助小心翼翼地捏起烫发器上的菜叶放回篓子里，而后问我道："总之精细地洗过了对吧？"

我遂又重复了一遍与邻人轮番按压水泵的事。

"那也就是说，邻家的老师还帮你压水泵了？"

"错了错了。(三五郎替我做了回答)搞不清状况也要有个限度。不都告诉你了,邻家老师没几秒钟之前跟我一前一后,刚刚回到邻家房子。另外还有一个邻人学生。穿黑色和服裙裤的学生。看那样子大抵在夜校读国文科,错不了。头发黑黑的,长了一张国文科的脸。我方才从分教场回来,也遇见这个邻人了。"

"我也看到一个穿黑色和服裙裤的女孩,跟我擦肩而过。我刚好跟三五郎前后脚,在他后面一点回来的。原来那女孩是邻户人家的啊。可是(二助沉吟片刻),我决定不吃拌菜了。邻家这女孩子,也还是,那种类型,看起来,应该有哭泣癖。但凡胖一些的女孩,似乎都,眼泪过剩⋯⋯(二助似乎沉浸到了幽深的追忆里)总之,我不喜欢那种类型的女孩子洗过的菜。"

于是二助耕种的小红萝卜在我的厨房待了两三天后,颜色先是发白,后又泛黄,最后蔫成了白糟糟的一堆。

祖母寄来一个栗子包裹,装了三种栗子(煮栗子、生栗子、干栗子),还放了几包美发药。然而,我这脑袋已经习惯了三五郎用烫发器为我夹的样式，而我自己也已逐渐适应如何顺手地使用烫发器。我将一包包美发药连同哀愁一起收进小篮子，而后往桌上的三个碟子里放了些煮栗子。二助的房间飘散着惯常的气味，三五郎片刻前合着钢琴练唱了两遍音阶，之后全无声息。一助的房间始终静悄悄的，没有任何动静。我依次走访三个房间，才算是探得了家人们的消息。

当我将一碟煮栗子端进一助的房间时，小野一助什么也没在做。他只是将腿伸在书桌底下，仰卧在榻榻米上，眼望天花板。他脑袋下边摞着几册书用作枕台，这些书在一助的脑袋底下或凸出来或凹进去，参差不齐。一助双手抱头架在这不规整的枕台上边，一副若有所思的样子。我将一碟栗子放在一助的手肘边，即便如此，他的眼睛依旧不曾离开天花板。

我屈膝跪在栗子旁，盯着一助的胸口看了一会儿。他的呼吸先是连续几下浅浅的，之后必会深深一吸再深深一呼，这气息殊为特别。为此，我得以想象人在何种情境下会采取这样的呼吸方式。

房里的整个空气皆为褐色，一助的胸口和面孔，还有他下班归家后尚未更换的裤子和衬衫，以及墙上挂的和服棉袍、装栗子的碟子，一切都呈现出寂寥的褐色。这皆是因为一助嫌恶明晃晃的灯光，所以在书桌那盏电灯上盖了一块褐色的包袱布。

我能明了小野一助将房间弄成褐色，也不更衣，只是定定望着天花板的心理。这段时间一助吃晚餐时总是穿着衬衫和裤子，带着难以下咽的表情。他瘦了许多，洋装的腰带足足余出了寸许。我将这碟栗子往他胸口边推了推，回到了女佣房。

当我将第二碟端进二助的房间时，他房里亮得白晃晃，二助一如往常在凌乱至极的肥料堆里专心致志地做他的研究。这房间只在清理萝卜田的那天稍稍洁净一些，如今又是一间乱糟糟的种地房。只不过雅格上的萝卜田改换成了一盆发黄的湿苔藓，而桌上原先四盆摆作一排的湿地少去了一盆，变化仅此而已。

我小心翼翼地挑选着落脚地点走近二助的书桌。当我在思索该将碟子放在何处时，手持镊子的小野二助似乎注意到了栗子。他这镊子的下方横躺着一截从湿地里拔出来的苔藓。二助用没有放下镊子的手拿起一颗栗子正要往嘴里送，忽又放回碟中，走去雅格那边，用镊子夹着另一截雅格的苔藓走了回来。之后二助研究起笔记本上的两截苔藓，研究片刻后才取过一颗栗子吃起来。二助的研究方法殊为缜密，他将两截苔藓并排摆到一处，忽而定睛观察头部，忽而比较腿部的粗细，忽而又对着苔藓吹气。终于，二助用左手食指和拇指分别蘸取两截苔藓的花粉，一根接一根交替放到鼻子底下深深吸气。这动作乃是在比较花粉的气味，此时的二助会静静闭上眼，凝心动情地深吸一口气。然而，眼下房中弥漫的肥料气味似乎妨碍了他。他放下右手的镊子，从白大褂口袋里取出香水举到鼻子前。在此过程中，他的左手始终极其小心地放在笔记本上，决计不让它靠近右手。他极度害怕左手手指沾染到香水。

用香水驱除肥料的臭气后，二助再一次将左手手指逐一交替着放到鼻子底下嗅查了许久，之后终于睁开眼，拿起一颗栗子，这便是他的行事顺序。而这段时间里，我仍未放下手中的碟子。即便如此，二助的眼睛依然不离苔藓，他用牙咬开了煮栗子，结果里边的一星栗肉从齿间蹦出，散落到笔记本上。我不由自主地伸长脖颈，目光牢牢定在了笔记本上。我发现了。苔藓的花粉与煮栗子的粉末，这两样东西全然是同一个颜色！且连形状都一模一样！就这样，我有一种感觉，仿佛获知了一项空茫而又宏大的知识——我寻寻觅觅的诗境，莫非就是此般，细碎的粉末世界？苔藓的花与栗子的肉皆成了形色相当的泛黄的粉末，此刻，正散落在笔记本上。在那旁边有镊子尖，有细细的苔藓腿，还有香水瓶承接灯光形成的影子，化作一道黄色的光伸向棉签柄部。

然而，我在笔记本上看见的这幅静物画，转眼便因为二助而分崩离析。他慌忙捏起两截苔藓，而后无情地从本子上拍去了栗子粉末。当二助重新将苔藓并排摆放到笔记本上时，我甩一甩头，将这碟栗子放在笔记本一角，回到了女佣房。

在女佣房里，我试着取出写诗的本子。我想要写一首方才在二助的笔记本上看见的那幅静物画一般的诗。可是我动笔开写的却是一首极富感伤的情诗——祖母特意给我寄来了南五味子，而我却已没了可以涂抹五味子的头发。啊，三五郎用烫发器为我烫发时，颈项间承接的亲吻，一如秋风般凄婉。而我到底是将未写完的诗撕碎了。

当我端第三碟送过去时，佐田三五郎正坐在旋转凳上，以背对钢琴的姿势愣愣地望着洗涤用水桶。这只洗涤用水桶，乃是傍晚天空开始下雨时我摆放到榻榻米上的。我将这碟煮栗子放在钢琴的琴键上，站到三五郎身旁盯着水桶里边看了一会儿。水桶底部已经积起寸余高的雨水，雨滴自屋顶的破口处落入桶中，一滴又一滴。为此水面片刻不止，泛着毫无规律的波纹。

"不吃栗子吗？"我试着将这碟栗子挪到三五郎膝头。三五郎却将碟子放回到钢琴上："有这洗涤用水桶在，我半点都练不进去，真是不好办。只要我一开始音阶练唱，必定会有雨水掉进桶里，于是我的音阶就会半个音半个音地沉下去。这洗涤用水桶的音阶比我这钢琴更加疯癫。"

待我回到女佣房开始剥生栗子的外皮时，三五郎忽又重新开始练唱了。他或许对自己为了一只洗涤用水桶而许久陷落在不事练习的状态里进行了反思吧。不过三五郎似乎是吃一口栗子练唱几声音阶，而后再吃一口栗子，所以他时断时续的音乐透着一种殊为寂寥的音色。为了忘却这寂寥的音乐，我突然想往身上戴些什么热闹的东西，遂取了一串祖母做的干栗子环挂到颈间。祖母寄来的干栗子，一颗一颗皆用针线穿过正中串在一起，形状恰是一条歪歪扭扭的项链。

也恰是在那个时候，邻人与我之间开启了一种殊为特殊的对话方式。邻人也是邻户女佣房的住客，她的窗户正对我的窗户，相隔的距离刚好是一根晾衣叉能够抵达的距离。两窗之间仅隔一排橘树篱，邻人若从她那扇窗户里伸出手，她的手可以触碰到树篱的另一侧，而我身在房中，我的手也可以摘到树篱这侧的橘子，距离大抵如此。就在我腿上堆起一大堆栗子皮时，邻人用晾衣叉的顶端敲了敲我房间的遮雨拉板。

晾衣叉顶端吊着一个报纸包成的圆筒形包裹，报纸表面已被雨打湿，里面放了一张乐谱。信里则似有若无地弥散着邻人的心境：

"敬呈乐谱一张。我虽在三日前买回了这样物件，可直到今日，关于如何处置它，我的想法连我自己都不甚明了。今晚下学归来听闻贵府的乐

177

声，我终究还是想把这物件送往购买时便期望它去的地方。请原谅我的唐突。我的家人带有一种倾向，嫌恶所有唐突的举动，以及离经叛道的事物，而近段时间我隐约有一种想要背离此种倾向的情绪。

"买下这样物件的夜晚，我莫名不愿乘坐交通工具，所以从学校步行回了家。就这样我晚归了三十分钟。家人说我面色不佳，询问是不是交通工具什么的出了状况，我脱口答说停电了。唉，人心里但凡装着什么悲伤的东西，便会想要撒下这样的谎言。我的家人咕哝着夜校国文科这样的学科不利于心灵健康，从春天开始不如改上日间的体操学校如何，说着查阅起学校宣传册。真是个何等悲伤的夜晚。"

邻人相赠的乐谱题为《吾思君 嗟 君无情》。我用包蔬菜的小方布包起回函和煮栗子，用和邻人相同的办法给她递了过去。回函中写道：

"多谢你的一片心意。今晚我也正一边剥着栗子，心一边往下沉。我的几个家人除去一人以外，其余也都郁郁寡欢，谨愿我能唱起你相赠的音乐，让我的家人们欢腾起来。特此敬呈栗子少许。"

邻人似乎颇有些急不可待，回函时问起了下面的问题。这封信被裹在装蔬菜的小方布里。信中写道：

"贵府中此刻正在演唱音乐的家人，为何唱的净是如此断断续续、郁郁寡欢的歌曲？你剥栗子皮的时候想必在惦念某一个人吧？人心里觉得憋闷或沉郁时，大抵是因为片刻不休地惦念着某个人不是吗？近段时间我的心也总往下沉。为了不惊扰我家人的睡梦，我暂且不关遮雨拉板，静候回音。"

"家中放钢琴的房间自傍晚开始漏雨。这房间的屋顶时不时会破一个口，给我和家人带来各式各样的心理。此前我从破口处窥看天空，却感觉自己似在窥探水井。今晚住那个房间的家人因着这屋顶上的破口而憋闷消沉。他说雨点掉进洗涤用水桶的声音对音乐影响殊为恶劣，所以此刻正一边吃栗子一边唱着时断时续的歌曲。再说我剥栗子皮，惦念的乃是我的祖母。在如此这般的雨夜，想必祖母也在为做栗子饭而剥着栗子皮。怀着这样的念头，我的心沉了下去。"

"感谢告知贵府钢琴房的家人憋闷的原因和你

的心沉郁的理由，我的心理似乎也轻快起来。方才忘说了，谢谢你的栗子。今晚我且吃着栗子聆听贵府的音乐直至深夜。我原本很是喜爱唱歌，但我的家人不喜这些离经叛道的事物，所以我只能克制。然而，明明想唱却不能唱，这感觉让我觉得心脏仿佛被人钳制，久久无法摆脱。而且我的家人抱持一种观念，认为晨间应该早起，夜晚须定时入睡。然而，近段时间我染上了失眠的毛病，有时会听着贵府的音乐直到深夜。我诚心祈祷水桶快快从钢琴房里消失。晚安。

"告知晚了，特此追叙。我那条和服裙裤乃是集家人的两条裙子改制而成。入学夜校国文科时，我虽从故里带来一条赭褐色的和服裙裤，却成了无用之物。我家人属意的一切服装皆为黑色。而家人拿给我的两条裙子，一条略新，另一条却是相当古旧的裙子，所以我那条和服裙裤前身与后身的颜色略有偏差。我虽是我那位家人的远房表妹，但家人的喜好我到底无法认同。我想穿的一直都是那条我从故里带来的和服裙裤。晚安。"

结束这长长的对话后，我拿着乐谱去了三五郎的房间。三五郎将栗子已空的碟子放在琴键上，他自己在一旁支着手肘，静默无声。我将乐谱放到三五郎的面孔前，他看了看标题，而后猛地翻开封面读起里边的诗。

"这不是单相思的诗吗？怎么了？"

"邻人送来的。"

三五郎盯着我的脸看了少顷，而后自言自语地倾吐道：

"难怪近段时间总觉得有些古怪。我下了电车走上坡道，总能碰到对方迎面走下坡道，傍晚的坡道真是个奇妙的所在。这傍晚的坡道，总是这样，会让即将擦肩而过的两位邻人，故意避而不打招呼，或是故意挪开目光视而不见。

"我最近，从我自己的心理中，隐隐感觉到一种古怪的东西。如今我的心理，正逐渐分裂成两个部分。用烫发钳夹女孩子的头发时会想要亲吻女孩子的颈项，而和另一个女孩子在坡道上相遇时，又会想要故意躲闪开目光，尤其是看到这样的乐谱……"

三五郎忽然站起身离开了房间，没多久又走了回来。他一只手抱着一册心理学的书，另一只手抓了一把栗子。三五郎再次坐到旋转凳上，低声对我说道："一助哥他真是憋闷得不轻。瘫躺在地，直勾勾盯着天花板。栗子什么的一颗都没吃。（他将手中的栗子放到琴键上，深深吐出一口气。）恋爱这东西对大家来说都是苦闷的，错不了。"

之后他翻开了心理学的书页。我备感惆怅地将目光落到书页上，可我刚读到"分裂心理随地球历史演进，不断增加着种类，是为纷乱益深"这样一句话，便从钢琴边走开了。我已然觉着自己不过就是一个失恋的人，不想再读如此晦涩难懂的文章。于是我坐到洗涤用水桶边，看起了水面上的波纹。

三五郎突然合起书扔到钢琴上，当他合着钢琴练起单相思的乐谱时，我感到自己被这音乐唤起了共鸣。我再度站到三五郎身边，唱起了单相思的歌。

这单相思的歌似乎也唤起了一助的共鸣。来到三五郎房间的一助仍然是那身裤子配衬衫的装束，他将脸凑到立在钢琴上的乐谱前，有那么片刻工夫一直在读歌词。封面里侧列着几首诗，诸如"吾思君君无情　伏草地仰君面　君啊　君高高在上甚无情"这样的诗。

一助终于轻声加入了合唱。关于他的乐才及歌声的动听与否，我不得不按下不予记述（因为在这方面，他半点都不逊色于二助）。他的唱法哀切至极。唱一句沉默一下，再唱一句思考片刻，就这样，一助唱起单相思的歌久久不停。

然而我们的音乐，却因为小野二助在研究房里的一串自言自语画上了句号。这段自言自语很是节制，轻声细语："看来这夜晚的音乐对植物的恋爱殊为不利。我这几个家人的音乐从未发挥过什么好功效。天刚黑那会儿还在以锐不可当的势头开始一场恋爱的苔藓，这会儿似乎停滞了下来。这停滞绝对是从音乐响起的那一秒开始的。在这样一个夜晚唱什么单相思的歌，着实叫人犯愁。甚至连一助哥都加入了歌唱，哪里会有人拉上三个人一起来唱单相思的歌？！今天就连我们家的女孩子都唱得伤心而哀婉。真要唱的话，给我挑一些能催发植物恋情的情意绵绵的歌曲！"

不知何时雨停了，我遂跟在一助身后提着洗涤用水桶出了三五郎的房间。从走廊到房间这段，一助一路都低垂着头。

当小野二助的第二盆苔藓生出花粉时，树篱上的橘子皆已红得不能再红，而佐田三五郎与我这位邻人皆有吃橘子的习惯。

这是一个二助忙碌到极致的夜晚，三五郎被二助派去抽取肥料，可是久久未归。恰在此时，我将木饭桶运去了二助的房间（乃是为二助和三五郎通宵作业所备，木饭桶上边另配有小锅一口、碗碟各两只，还有筷子等物），二助等待肥料已等得殊为疲累，他在火钵、书桌和雅格之间踱过来又踱过去。而后他命我去看看肥料抽取得如何，并问我白大褂去了哪里。二助这会儿极少见地仍穿着校服。日间我洗了他那件白大褂，晾在外边忘记了收回。

当我去到目的地时，三五郎全无踪影，独有两只肥料瓶并排摆在泥土地上，瓶子里边仍是空的。我也是对着星光左照右照才好容易确证了这一点。晾衣场在院子的另一角，与我所在的位置可连作对角线。而三五郎与邻人，恰好就在二助那件白大褂的下边，隔着树篱而站。

我试图动手完成二助交代给我的任务，不知往泥土地上倾落了多少眼泪。当三五郎来到我身边时，眼泪更是止也止不住，我遂将抽取用的工具塞到三五郎手里，自己走去了白大褂的下边。

三五郎来到女佣房时，我连带和服的宽袖一起将脸埋在书桌上，全然无法抬头。三五郎在房里定定站了片刻工夫，而后取过我身边的白大褂，叹一口气离去了。那之后三五郎又来看过好几回，每回我都是同一副模样，所以三五郎一次都未开口，只是一味叹气，然后折返回二助房里。

三五郎最后一次过来时，我因光线渗入眼睛觉得晕眩，所以背对书桌。我正对面的钉子上恰好挂了一串干栗子，乃是祖母寄来的最后一串。我两手探入和服外褛的腋下，背靠书桌，呆呆看着这件寂寥的房间装饰。

三五郎在书桌上坐下，盯着干栗子望了一会儿。他开口不知要说什么，旋即又闭了嘴，因为我再度抹了抹眼泪。三五郎取下干栗子挂到我的颈间，重又坐回书桌，而后呼出好几下锐利的鼻息。这似乎是三五郎为驱除在二助房中吸入的臭气而进行的净化作用。我听着耳朵上方传来的声音，听着听着，感觉自己一点一点离悲伤越来越远。三五郎在我胸前剪断栗子线，取下一颗干栗子，伴着响动剥去外皮，一颗又一颗，他就这样不停地吃着干栗子。

三五郎的恋爱期在这之后仅持续了数日便结束了，殊为短暂。而我这段时间皆在悲伤中度过。每每到了邻人从夜校国文科归家的时刻，三五郎便会嘟哝着受不了肥料的气味云云来到女佣房避难，躺在地上看着天花板吸气呼气。这种时候，我便带着写诗的本子去往一助的房间避难。一助在电灯上罩了包袱布，两眼紧盯天花板，这倒给了我诸多便利。我思忖这样可以不让一助注意到我的眼泪，静静打发一段时间。

在这褐色的房间里，我时而擦一擦和服棉袍领后的污垢，然后将它盖到一助腿上，时而刷一刷一助的外套，时而又取出另一条领带挂到墙上，寻找着照料一助生活起居的各种事务。待到无事可忙时，我便跪坐到一助的书桌前，准备在我的本子上写诗。一助书桌的前方刚好有他的腿伸进来，略显逼仄，我喜欢跪坐在他腿旁，背对他的面孔。而当我来到一助的腿边时，他总会把这双裹在裤管里的腿归置到角落里去。为了我的诗作，他将他的书桌分出一半给我。然而，我终究只是吸着鼻子，诗全无半点进展。

186

我们这几个家人里，独有小野二助一如既往地勤勉好学，他似乎已经完成了第二盆的研究，正着手照料第三盆苔藓。而这邻屋的肥料气味和二助书写的声音，令我愈加悲戚。

邻户的迁移悄无声息，看样子是在我清扫家人们的房间时进行的。这日午后，我在二助房中花费了一段殊为漫长的时间，都疏忽了擦拭灰尘的计划，这皆是因为我耽于阅读二助的论文。小野二助出门去学校时给我下了命令：帮他把桌上发黄得最厉害的那盆移到雅格去。那盆呈现出的颜色看一眼便知，所以女孩子应该也不会弄错。另外，因为女孩子为他清洗了那件白大褂，他自己身上干净了，反倒显得房间很脏，所以能不能尽量帮他清洁一下？换言之，只要清扫到他的房间和他那件白大褂两相协调便好。不过，这几天家里的这个女孩子略有些闷闷不乐，近些日子全然不曾歌唱，此刻又低着头，在缝什么黑乎乎的东西，究竟在缝什么？

那时我已缝好一只黑色的手肘垫，正在缝制第二只。缝好的那只准备给小野一助，在缝的这只留作己用。我想给一助的房间增添些许热闹，思来想去想到了手肘垫。我所用的材料，正是那条团作黑黑一团，在小篮子里待了不知多少个日夜的波希米亚式领结。女佣房就各种意义而言对我来说都过于阴郁，所以我选在一助的书桌边开始了这项工作。我用烫发钳夹平波希米亚式领结的褶皱，坠入围绕这只领结展开的形形色色的记忆里，而后，我决定为一助和自己做一对一模一样的手肘垫。这个念头乃是我对一助同病相怜的感伤所致。

为了回答二助的问题，我取出收在一助书桌下的手肘垫给他看。"这垫子真不错。我们家的女孩子真是心灵手巧（这皆是二助在安慰我）。能不能也给我做一个？对了，我刚好有两根好看的装饰绳（二助拉开分隔两间房的拉门，取来一红一蓝两根纸捻子）。这是昨日我买粉末肥料时捆扎在粉末肥料上的纸捻子，怎么样，用作手肘垫的装饰正合适吧？我那只用蓝色，女孩子这只就用红色。别再闷闷不乐了，把手垫在红红的手肘垫上，或者放开嗓门嘹亮地唱你的歌不是很好嘛。我昨晚搞定了第二盆的论文，可以暂时放松一下。从今晚开始，我就给我们家的女孩子开一堂蝌蚪课。"

188

而后二助便出门去学校了。

我清扫完其他家人的房间，对二助的房间进行了尤为仔细的清理，依命将那盆苔藓移动到指定的处所，之后便读起了论文。

予触发第二盆植物之恋情取得成功。

第一盆——试验高温肥料

第二盆——尝试中温肥料

第三盆——次中温肥料

第四盆——低温

今次取得成功的乃予计划中的第二盆，如上所示，系尝试以中温肥料培植之苔藓。

在此，予不得不坦陈今次开展研究时，予所体验之一种心理。即在今次得见开花之前的数日间，予皆在焦虑中度日。花将开未开，情将发未发。此间数日实乃焦虑甚重。且，予之植物之踌躇徘徊的状态，终令予产生一疑念。予疑：予之植物莫不是身陷分裂病症？嗟，莫非因其乃分裂患者，故而如此踌躇徘徊？

予此般推想，皆出于予之恐惧哀叹。予培

植之苔藓类，绝非小野一助研究材料之分裂型，予时时刻刻祈愿植物拥有健康之恋情。然，予之植物罔顾予此般态度，一味踌躇徘徊不见开花，恰如一助眷恋之患者。

如上所述，在此番不幸的焦虑期内，某一夜，予竟将故里之栗误认作巧克力豆。彼时予正在桌前尝试比较两截苔藓之异同，一碟巧克力豆蓦然出现在予视野边缘，此碟巧克力豆颗颗粒粒皆已除去包装银纸，裸露出巧克力色的肌肤，忙碌如予食之甚为便利。予对此番厚意心下感念不尽，当即取过一颗送至嘴边。然，嗟，实为栗矣。

二助的论文后续洋洋洒洒，称若将其错把栗子认作巧克力的心境告知一助，一助必定会立即将他送往医院，故而此事必须被列为一级机密。他还详细记录道：第二盆苔藓之所以在眼看便要开花的状态下踌躇数日，皆系使用中温肥料所致，二助的苔藓绝对不曾罹患分裂病，开始的乃是一场极其健康的恋爱云云。

论文读毕，我透过格窗间隙，瞥见了房东老

人摘收橘子的景象。这场摘收是从何时开始的？我将格窗拉开更多，坐在二助的砂锅旁看着院子里的这一幕。老人围一条毛线围巾，摘下一只直径不过七分大小的橘子，放入脚边的篓子，接着再摘一只，沿树篱缓缓推进。当篓子装满时便将橘子倒入一只硕大的布口袋，而后继续摘收。布口袋的开口略往下处系着粗粗的装饰绳，恰如一只束口荷包，敦敦实实地摆在橘树树荫下。我从未见过体形如此庞大、形状如此可爱的束口荷包。想必这是房东老人特意为晚秋时节的此项活动精心准备的物件。待我回过神时，房东已经拿着满满一篓子橘子来到檐廊边。不过这位老人似乎对我的头发产生了殊为奇异的观感。我那会儿，恰好在读二助笔记时觉着头发不胜其烦，遂就近取了一根橡皮圈箍在头上，任头发竖向空中以保持耳后及颈间的清凉。房东终于将篓子里的橘子倒在了檐廊上，向我要了纸砚，写下一张租屋告示。而后他又用小字添了一行注释："邻户有钢琴，爱乐之人为宜。"——邻户老师搬家时恐怕将表妹的心理状态等统统归咎于三五郎的钢琴。房东老人嘟哝着那台钢琴怕是不吉利云云向我要糨糊，我遂取来一小团米饭放在了老人的掌心。

我的邻人将一封信托付于晾衣叉的顶端，穿过橘树架在我居室的窗户上，而我拿到此封信时已是傍晚。房东恰好一路摘收到我窗前，提醒我说有个像在施行什么法术的东西。信中写道：

昨晚夜深时分，我的家人提出，我似有罹患神经症的征兆，还是应迁往更为僻静的地方，且考虑到心脏病，也是没有钢琴的处所更为合适。我忽然感到一阵悲愁，遂将此前种种和盘托出，说前后六次吃了贵府家人给的橘子，说每次皆是两人分食半只，还说与你借着晾衣叉的顶端往来对话。我的家人答说，如此离经叛道的行径，如此离经叛道的对话方式，这些必是神经症作祟，必须尽快换去别处。而后她办理了申领体操学校校规手册的手续。但我并不认为贵府家人与我之间的对话方式如我家人所想这般离经叛道。我那国文教科书上的恋人们，皆是将和歌之类的诗词托付于书信盒这样的盒中——唉，没时间了。我的家人正在彻底收整停当的搬家板车旁一遍遍催促着我。

当我不知第几遍重读这封信时，房东老人背起布口袋踏上了归途。束口荷包形的口袋将老人的背影装点得分外娇俏。而我家周围的橘子已一颗不剩，仅留下一圈橘树叶围成的树篱。

我那场恋爱的开端，乃是在一个漫不经心的晚秋的夜晚。那一日，到了晚餐时间一助仍未下班归来，围聚到餐桌旁的只有二助、三五郎和我。而用了晚餐的不过二助与三五郎两人而已。我一面给他们端菜递水，一面惦念着一助的安危。

二助吃完饭回去研究房时，轻声嘀咕道："一助哥去哪里了？该不会真踏上漫无目的的旅途了吧？"

三五郎在餐桌上支起手肘撑着下巴撑了片刻，而后去了我的房间，在我桌上继续支肘撑头。然后他用没有支起的那只手忽而把玩我的手肘垫，忽而将我的台灯挪一挪位置，忽而又用我的烫发器夹起了他自己的脑袋。三五郎没有关上客厅与厨房之间的门，也没有关上厨房与女佣房之间的门，所以我在餐桌旁也能看见他的一举一动。三五郎终于回了他的房间，还唱了一小段"杰克吃了路边草　一屁股坐上合欢根　一个人想一个人思"的喜歌剧。这歌剧讲述的是杰克先爱上了红头发的梅丽，后来半道上吃起路边草，与黑头发的玛丽纠缠不清，到最后又重新恋慕起了红头发的梅丽。三五郎用一种颓丧消沉的唱法唱了一小段杰克的内心独白，之后沉默片刻，出门去了。他刚一出门，蔬果铺的伙计便打来了一通代理电话："柳浩六的府邸有事敬告小野一助先生的家人。"

蔬果铺的伙计宣读电话笔记读到此处时，小野二助接过电话抄录了留言，而后走回房间。我也跟到二助房中，二助将余下的留言如下这般念出：

"今天日暮，小野一助先生与敝府主人柳浩六自心理医院同路而归至敝府，与主人一同进了晚膳。望家人无须忧心。且说晚膳后，小野一助先生与敝府主人柳浩六在主人客厅商议公务，商议内容似乎颇为繁杂，二人突然厉声争执，后又突然陷入沉默。商议内容乃是有关心理医院正在住院一病人，依愚所见，二人似在争论谁是知己。一方称十三日便已成为其主治医师，另一方称十二日就已在预诊室内与其结为知己。就在商议变得极度胶着之际，小野一助先生申诉道，一助先生的书架最下层有一册名为《修订版分裂心理辞典》的书，其左侧有一层层包裹的褐色四方形纸包，望能火速将这一纸包送至敝府。是个四方形长五寸宽四寸的纸包。因十万火急，使者由谁出任皆可，总之速速前来，越快越好。"

二助在一助房中找出指定的物件，去了三五郎的房间，但三五郎外出未归。二助遂回到房间，将指定的物件交到我手中："若由我去将极其费时，女孩子能不能做一次使者？打来此番电话的老人乃是自上代家主起便侍奉在柳浩六家的家仆，他一看见我的脸便会立刻陷入怀旧型分裂。老人对浩六和一助哥在心理医院任职一事极其畏惧，而对我研究种地之学问极其欣赏。所以他只要一看见我的脸，便会用方才电话中那般郑重其事的言辞讲述浩六父亲的故事，滔滔不绝地连说四个小时。实在叫人犯愁。好了，我来告诉你怎么走。"

二助取过恰好在他手边的报纸，画上萝卜和树林的形状，以极富他学问特色的手法说明了路径："穿过马路，从卖香蕉的夜摊后边走到对面。走一段后，路两旁会出现萝卜田。这时远处还会飘来鸡舍的气味。（二助在一根萝卜上方细细画了四五道在冒热气一般的线条，代表了我走到萝卜田附近时理应能闻到的鸡舍的气味。）你顺着这气味走便好。越走鸡粪的味道越清晰，自然而然就能走到鸡舍前。（他画了一座鸡舍）会有好几座鸡舍排在一起，我时常去这户人家买肥料。这里的鸡粪殊为新鲜，效用极佳。（此时二助从椅子上回转身，环顾房中肥料的情况。可二助是不是有些冷静过头了？我现在必须成为一名十万火急的使者。）我这边的鸡粪刚好也快没了，今晚你能不能帮我买一些回来？就说要一袋鸡粪，对方便会明白。一助哥的事情肯定要拖上不少时间，待你们回来时卖肥料的可能已经睡了，所以你在去的路上买吧。买完肥料往右看是一片楢树林，里边有一栋独门独户的房子便是柳浩六的家。明白了吗？"

二助放下铅笔，又添了两三条叮嘱："进门后会涌动起一种心理，仿佛有稀薄的香气袭来，浩六的父亲是一位中医，此乃他父亲留下的余韵，不必担心。不过，不管那个做家仆的老人在哪里，你都尽量不要往他那边看。他常坐在进门处的椅子上，或在带暖炉的房间里，这是他的习惯。万一他坐在玄关口的椅子上，而你不小心跟他对视了，也要尽量若无其事地走过去。若非如此，那老人马上便会讲述起过去的事情，说什么上一辈老主人在世那会儿，敝府医院的玄关处，病患的木屐摆得满满当当。你回来时等一等一助哥，跟他一道回来便好。"

自接完电话之后已过去相当一段时间，我赶忙裹上毛线围巾出了门。在马路街角，我认出了三五郎的背影。他穿着一身去澡堂的行头，在夜摊看卖香蕉。

走到萝卜田附近时，寒风吹刮着我灰色的围巾，也吹刮着我的头发。我走路时想起三五郎，陷入一阵哀愁，险些忘了买二助命我买的东西，又折返一小段路买了一袋鸡粪。就这样，我左手抱着要交给一助的物件，右手提着为二助买的东西，走进了柳浩六家的玄关。

时机恰好，玄关处的椅子空着（这是一张木椅，比三五郎那张旋转凳还要老旧），做家仆的老人正在房里的暖炉前打盹。我看见老人围在厚厚一层胡须下的脸时，才第一次感受到周遭弥漫着一股古老的香气，也才意识到这栋建筑比我们住的房子还要古旧。

我穿过带暖炉的房间来到走廊，两三个房间一字排开，仿佛带着病房的余韵，最里侧那间是柳浩六的学习房。房间里，柳浩六与小野一助坐在椅子上，想来应该是等待使者等得倦怠了，二人皆陷在深深的沉默中。我将装肥料的袋子斜靠在一助椅子的后腿边，而后将指定的物件交给了一助。这物件被人用捆包裹的绳子捆扎得分外精细，所以一助费了好大工夫才从褐色的纸张里取出他的日记本。而后他双眼不离日记，对柳浩六说道："你看，我的心情都用文字记录在这日记里。十三日，新患者住院，予任主治医师。呈现隐瞒型分裂症兆。无丝毫牵动予心之处，归家后也……"

"你等等，当使者的女孩子还站在你身后呢。这话题暂且告一段落。"

我在一助身后摇了几下脑袋，取下了围巾。我的头发仍是半道上被风吹刮的样子，无秩序地散乱在额前和耳后。

柳浩六搬来另一张椅子放在一助身边，让我

坐下："我现在，似乎，有一种，奇特的心理。总觉得在哪里见过你家这个女孩子的脸。"

"是小野二助吧？二助做研究时的脸，和我家这女孩子稍有些闷闷不乐时的脸，似有几分相像。"

"我感觉不是小野二助。"

"别说这些有的没的，赶紧继续讨论。"

"可我们讨论的话题若有女孩子在场，着实不方便。而且我，还是觉得，你家这个女孩子很像某个人，可我又想不起是谁，真叫人犯难。遇上这种问题，在想起来之前都不会想谈别的话题。"

柳浩六时而在书架前踱步，时而又回到椅子上坐下，在此期间我觉着肚子饿起来。毕竟这天我尚未用过晚饭。恰在此时，柳浩六去到走廊叫来了老仆人，命他给我买些好吃的回来。老仆人顺从地应下命令，而后用下边这番话劝道：

"少爷，心理医院这样的工作您还是断了吧。彻彻底底断个干净。什么心理医师，那都是医术上的歪门邪道。您瞧瞧，您和小野一助少爷两人，为了一个歇斯底里的女人居然争了整整五个小时！啊，这全是因为你们二位少爷去那什么分裂医院，踏上了这条歪门邪道。您赶紧和那医院彻底断绝关系，把老爷留下的这家医院……"

"你能不能赶紧去买些好吃的回来？"

柳浩六一回到房中便从书架上抽出一册书，迅速翻到他要的那页："听我们家这老仆人絮叨时，我想起来了。我们家这老仆人的想法虽然烦人，可奇妙的是能让人想起遗忘的事物。难道说，怀旧型分裂者的思想能够对人忘却的记忆发挥某种影响？（柳浩六似在对一助提出学术上的问题，但一助仅是摇一下头，并未作答。陷于各种枝节导致始终无法进入正题，一助对此似乎颇有微词。）总之，和你家这女孩子相像的正是这张照片。这下我的心理似乎轻快了。你看很像吧？"

一助以一副不甚感兴趣的态度接过那本书，瞥着那张一个女人单独拍的小小的照片，而后读了片刻那段在我眼中不知是德文还是法文的文章。在此期间，我也端详起女人的照片，照片上是个分外曼妙的佳人，实在感觉不出我与她有何相像。

"很像吧？"

柳浩六在征求我们的赞同，而一助陈述的看法似乎与我相同："看来喜爱异国文学的分裂医师有着某种怪异的联想能力。这位女诗人和我们家的女孩子，最多也就头发有点像。论起如此宽泛的相似性，岂不满地皆是。"

而后一助合上书，将其放在我椅子的扶手上。我拿起书离开了房间。必须找个地方避开这两位医师的话题。

恰在邻室门口，我遇见了老仆人。他连带他怀旧的呼吸一起端来一只托盘，盘里放着碟子、陶壶和碗。我在老仆人的带领下做了邻室的客人。老人开灯后，在我眼前的乃是一间榻榻米房，角落里有一张小书桌，刚好适合供我翻书。老人将托盘放在桌上，似乎很想对我讲述一下他的怀旧之心。然而我对他摇了摇拒绝的头，而后擦了擦涌起的几星眼泪。自他那层厚厚的胡须下漏出的话语透出的唯有哀愁，我的心不愿再听。老人用两只手掌包住我的脸颊，而后不声不响地离开了。我不再抹眼泪，一面吃起咸米饼配铜锣烧的晚餐，一面开始在书页中翻找。这书难道是某个国家的文学史？又或者是某国诗人的作品集？书页里不时会有几张男人的照片，偶尔夹杂女人的照片，而其他部分则填满了我不认识的文字。

隔壁房中柳浩六与一助的对话已重新开始，

老仆人的看法准确无误，这正是两名医师围绕一名住院患者展开的争论。二人轮番查阅日记，对比他们与患者成为知己的时间先后，并争论这位决计不愿开口的沉默患者借由态度对二人显示出的亲密程度，交锋你来我往看不到尽头。

就在二人陷入一段极度漫长的沉默时，我终于从这殊为厚重的书中找到了我想要的那一页。这位异国女诗人并没有方才我在一助身边瞥见第一眼时那般美丽。我将书页横过来又竖过去，看了又看。经此一看，这位诗人到底还是一位佳人，长了一张安安静静的脸，而我对着这位诗人无论看上多久，都依然无法赞同柳浩六的观点——毕竟，我自己不过是一个与"佳人"二字相去甚远的小姑娘。

周围实在太过寂静，我不再吃咸米饼，改吃铜锣烧，就这样盯着照片看了许久。终于我不再能区分照片与我自己。我的心进到了照片里，而照片的心也进到了我的身体里。当我处于如此这般的心境时，隔壁房中突然有人打破了沉默。我未能听出是哪一方的声音。

"啊，我有些烦不胜烦了。该争论的统统争论过之后，莫非人便会生出这样的心理？我忽然变了一种心境，我愿意放弃医院的那个女孩子。"

此言一出，另一人也说他愿意放弃，紧跟着前一人宣布他已然放弃。他们二人似乎对这场没有了对手的恋爱失去了斗志。而此刻我也因着晚餐与热茶涌起一阵睡意，最后终于将脸趴在了照片上。隔壁房中的二位友人似乎在静静地商谈着什么。

"我决定了，要从这房子里搬出去。中药的香气着实会让人的心理变得不甚健康。我之所以会对你的患者动心，也完全是因为我住在父亲这座过于老旧的医院里。"

"可是你家这位老仆人恐怕不会同意吧。在这老仆人心里，这栋房子是他唯一的住所。"

"这也都是中药的香气惹的祸。只要出了这栋房子，我家这老仆人的怀旧型分裂就能立刻痊愈。总之，我在放弃你那位患者的同时，对这房子也起了嫌恶之心。我要去往某一片远离这里的土地。"

在这段对话的余韵中，我沉入了梦乡。

我因着自己碰到碗碟的声响而从小睡中醒来。隔壁房间已没了声音，整栋房子一片寂静，独有古老的香气笼罩周遭。就在我决定去隔壁看看时，柳浩六恰好从分隔房间的拉门处探出头来。想必他是听见了我在桌上碰响碗碟的动静。"原来女孩子还等在这里啊？"

他说着来到书桌边，取过一枚咸米饼边吃边看书页上的照片，看了片刻，后又看向我。

"一助方才回去了，我送你回家吧。"

老仆人刚好在玄关的椅子上小睡，他将我的围巾和那袋肥料收放在椅腿处。我围上毛线围巾，提起肥料袋，离开了柳家形同弃屋的客厅。

走出楢树林，经过鸡舍，走在萝卜田夹道的路上，柳浩六向我说起书中的那位诗人。那诗人终年住在阁楼里，总写一些风啊烟啊空气之类的诗。就这样来到大路边时，他说道："我要给跟我喜欢的诗人容貌相似的女孩子买一件东西。说吧，你最想要什么？"

就这样我让柳浩六给我买了一条围巾。

我再没见过柳浩六。因为他带着老仆人一起去了遥远的远方，据说为了让老仆人走出楢树林深处的那栋房子，他劳神费力下了很大一番功夫。我将柳浩六给我买的围巾挂在女佣房的钉子上，时而思考他喜欢的那位诗人，时而幻想自己也住进阁楼，写一些风啊烟啊的诗。然而我最终在本子上写下的，却是诸如赠吾围巾之人踏上遥遥天涯路之类满怀感伤的情诗。而后我在女佣房的书桌上，集了两三册书写外国诗人的日语书，想要了解柳浩六心仪的诗人。然而，我读的这些书里没有一个诗人如他形容的那般。想必那位女诗人并不如何出名吧。

（一九三一年六月）

苹果派的午后

一个慵懒的礼拜日

登场人物：兄、妹、友人

兄 （伏案阅读）

妹 （在对桌书写）

兄 （扔下读到一半的杂志，伸出手忽在妹妹脑
袋上敲了一下）

妹： 你做什么？！

兄： 你这傻瓜。

妹： 你有什么理由打我？

兄： 丢人现眼。

妹： 你倒是给个理由。

兄： （卷起杂志敲了敲书桌）这都是什么玩意儿！

妹： 跟我有何关系？！哥哥你读什么是你的自由。可你读你的书却来打我，世上哪有这样的道理。你倒是给个理由，说清楚理由。

兄： 我打你自有打你的道理。（将杂志扔出去）你自己看看。恬不知耻，丢人现眼！

妹： 什么嘛。这不是我的校友会杂志吗？（语气一变）啊，这上面应该登着雪子的美文呢。可喜可贺。

兄： 什么美文，都这种时候了。

妹： 当然是美文。（边说边将杂志收进书桌抽屉）是曼妙月夜里的一声叹息。

兄： 什么月夜里的叹息，莫名其妙。

妹： 真不再看看吗？夜露打湿了腿——一共有四条哦——腿边上骨碌一圈有蟋蟀在幽会，蟋蟀上边两个肩膀彻底连作一个沉了下来——因着月光的妖法，拉长得格外优雅呢——远景的山坡上有文化村的灯，一层高一层低，里边最高的融化进了月光的怀抱，最低的正在与夜露接吻。所以说，这四条腿就是月夜里的一声叹息。

兄：（羞涩状）傻瓜。练练正常人的遣词造句，把代名词用起来。你这家伙说起话来，一年到头都在叫人猜谜题。

妹：我不过是在复述雪子的文章。你若听不懂，我可以给你解谜。有个男人在走路，他对妹妹而言像一杯放了辣椒的苏打水。夜晚。成双成对。这个男人一旦成了双成了对——若有月光更是如此——就会变作放多了砂糖的巧克力。然后嘴里吐出叹息，散发着熟过头的杏子田的气味。一切都明明白白，哪里需要额外解释嘛。

兄：傻里傻气。拿过来，我再看看。

妹：（手按住抽屉）你是想再看一遍再打一次我的头吧。鬼才给你看！

兄：快拿过来。不打你。

妹：那刚才的理由，你先讲清楚。

兄　（从抽屉里取出杂志埋头翻阅）

妹：（抢过杂志）该不会是骨子里都变作巧克力了吧。打了别人连个理由都不给，竟还想看月夜里的叹息！快把理由说清楚。从今往后，我发誓哪怕只是一个拳头，都势必要究明其中的理由。人善被人欺，没完没了。到今天为止，你可知道你无缘无故打过我多少下？！一笔一笔我都记在日记里，总有一天，我要跟你算总账！

兄：（抢过杂志）你自己听听。（朗读）

"不幸如我，有一个哥哥，如同一杯放了辣椒的苏打水。从这个四月起，我不得不与这杯苏打水一道生活。就这层意义而言，我入读这所学校实属一场巨大的不幸。哥哥动起怒来，需要一个近在手边的脑袋。或直接敲打，或揪住发髻将之拉散，唯有此二种方法方能平息其怒气。初时我用了盘发网。然而作为防揪手段，盘发网未能发挥多大作用，且最迟不过三日，便不得不去旧换新。可叹我那些参考书，惨遭盘发网的侵袭。于是我剪去了头发。我书桌上堆起实验心理学、带翻译的'national'以及语言学概论，这些皆是在我失去发髻之后。我之所以剪发，纯粹出于情势所迫，绝非为了追赶潮流。"傻话连篇。你怎么不干脆光明正大地宣称"是出于一种变态趣味"。

妹： 变态趣味？你什么意思？

兄： 想想你自己的趣味。若只是趣味那倒也罢了，只要跟你扯上关系，不管什么都适合冠以"变态"二字。变态感情，变态感觉，变态性……

妹： 你胡说八道什么，什么变态感情。不负责任地罗列一串污名秽语。究竟哪里有问题，你倒是给我解释一下。

兄： 解释就不用了，给你读读下面这段，正是最好的解释。"我还要再花一个月方能追回语言学上的延误。语言学乃是一门既没有盐，也没有糖的学问。假设一位诗人一边思考一边走路，撞上红砖墙，撞坏了他的夹鼻眼镜，他一定会将气撒到砖墙头上，而不会气他自己在动脚的同时也动了脑。"喊！我若是教作文的老师，一定直接扔回给你，顺带写上这样的评语："全火星最蹩脚的诗人也写不出这样的文章。"你倒是说说，语言学和诗人的砖墙，这两样东西要如何关联到一起？

妹：　若我是你这作文老师的老师，怕不是要送你一句："不谙联想之飞跃的人，死不足惜！"

兄：　这种程度的评语早就若无其事地写着呢。（朗读）"鉴于尚不能购买桑木博士的《哲学概论》等三四册书籍，眼下正为神田的二手书做预算。不曾料想哲学的侧脸竟如此迷人。以盐和砂糖遮遮掩掩，薄施粉黛。正面的胡椒不过是一层妆粉。在红砖墙上撞坏眼镜的诗人，这一次在新配的夹鼻眼镜后面，微微眯起了眼。想必为的正是今夜，眼镜前的这张侧颜，虽说薄施粉黛略作遮掩，却是一个意料之外的美人。然而我却一如既往凄凄切切。我那不知何年何月方能凑齐的二手参考书，加起来的页数之多，在日光消毒时，恐怕不得不整整消耗掉四个礼拜日。而且，而且，剪发未能产生附带效应，成为护我避过敲打的防御手段。我那哥哥何等狂躁易怒，连没了发髻的脑袋都忍不住伸手敲打……"你看看，丢人现眼。我还有什么声誉可言。

妹：　野蛮人何来声誉？

兄： 不想想到底谁是野蛮人，是在杂志上发表文章写了自己还要写哥哥的家伙，还是不能不对这种家伙进行敲打的一方。

妹： 野蛮人当然是打人的一方。我充其量只是写出真实情况。还不是因为哥哥你以此为家常便饭，所以才让我写出这样一篇文章来。

兄： 我打你，还不是你给了我打你的理由。身为妹妹，你若稍稍有点妹妹的样子，又有谁乐意打你？还有你这算什么，化妆粉的名字都叫不出，竟还有胆写哲学的上妆之道。

妹： 我当然知道。我连夜莺化妆水的气味都一清二楚。

兄： 所以才说你是变态感觉。不思恋爱却要修行做个诗人，还在书桌上偷偷窥探哲学的侧颜。真正确凿可靠的唯有经验，你这傻瓜！

妹： 你又开始循环。随你循环多少遍。你经验长、经验短的说教，我也都统统记在了日记里。

兄： 随你记它一千遍。

妹： 你以为我记这些是为了什么？待我下次回到故里，一定要拿给父亲看。

兄： 爱给谁看给谁看。也让他一并看看你这蘑菇头。

妹： 恳请兄长切莫忘记，还有那月夜里的一声叹息。（面朝书桌开始书写）

兄： 你大老远跑来东京究竟是为了什么？

妹： 当然是为了学习。不是为了给哥哥你敲打来的。

兄： （抢过笔）傻瓜。看你都学了什么，学的净是顶撞兄长。要我说，哪里找得到像你这般跟个男人似的女人。剪了头发，还穿蓝袜子。看看你这脖颈根，被剃刀剃青了一片，下边脖子上的皮肤，粗得就跟粟米糁一样。再下边，洋装上的衣领连个笑脸都不给。喉咙凸起喉结不说，肩膀净是骨头，硬邦邦的。看看你这蓝袜子里边装的，哪有半点女人妩媚的圆润。即便是牛蒡茎，只怕也比你这双脚来得柔软。

妹： 即便是大蓟花，只怕也比你四倍像女人——不用你说也知道。

兄： 要我说，若有女人三个礼拜见一次剃头师傅，那也别做女人了。

妹： 也不想想，是谁拉破盘发网。你拉破过多少个盘发网，我也都记在日记里。

兄：　随你记它一千遍。想你只有买盘发网时，才
　　　会去一次梳妆铺。

妹：　（学哥哥口吻）即便是我，一礼拜都会去一
　　　次呢。（变回自己口吻）雪子不忍丢弃欧丁
　　　香香水的空瓶，一个都不舍得丢。每个礼拜
　　　用的都标上了日期。梳妆台的抽屉到底装不
　　　下，都满了出来。她还说，上礼拜那瓶夜莺
　　　化妆水的气味，比欧丁香的更像月夜里的叹
　　　息。越是德国货，情形越严重。她说这一期
　　　她要写一篇论文，题为《维尔纳、克劳斯的
　　　盛宴与夜莺化妆水的芬芳》。

　　　（拿起另一支笔开始书写）

兄：　啊，我这妹妹究竟要把我的生活搅乱到何种
　　　程度才肯收手？！是时候该写信了。让老爹
　　　来把你领回去。我已想不出更好的对策。

妹：　想写就写呗。把父亲叫来正合我意。我也不
　　　想再被你敲打更多。茶泡得不好喝你要打
　　　我，电灯罩上积了灰你也要打我，世上又
　　　有哪个妹妹到我这般年岁还要被人整日敲
　　　脑袋的？！本来就该各租各的分开住。我
　　　明明打小就已充分领教哥哥你是何等野蛮，

可还是跟你住在一起，怪只怪我心肠太软，自作自受。

兄： 还不是因为老爹硬把你塞给我，说要让你多少像个女人，我也一样在忍着如此不愉快的日子，度日如年。谁乐意跟你在一起？！在一起也管不住，自作主张，头发说剪就剪，手指头上笔磨出的茧一天大过一天。这般德行叫人如何管教？！（用笔指向对方）就说你这支钢笔，我这么一个大男人写上五分钟都不免手软，这本就是男人用的东西吧？你装什么银行家。说到底这就是你的喜好。粗陋，神经质，咸得蓟人，跟这衣领没两样。所以才会想要论述什么哲学的上妆之道。

妹： 你倒是自己称个重看看。那细杆上绕着银色芒草穗的，和我的这支，究竟哪个更沉。

兄： 这么有女人味的物件，有的话你倒是拿来给我瞧瞧。我且在你面前称给你看。

妹： 你该去欧丁香空瓶的房间了。在你回来前，这男人用的东西也暂借你。要我说，你今天怎么这般磨蹭。这可是礼拜日哦。（看手表）已经过了钟点。

兄： 不用你管。（看表，烦躁不安地在房中踱步）

妹： 拜托你快去吧。否则我学也学不进，什么都做不了。一个礼拜难得有半日清静，这下全泡汤了。

兄： 休想称你的心，如你的意。今日我另有一事要提一提我的意见。

妹： 真叫人忍无可忍。我这就把父亲叫来，另寻租处。

兄： 别想得太美，净说梦话。这次我一定把老爹叫来，将你领回故里去。乖乖留长头发，快快找个人家嫁出去。我们这一族里，你本就是个异类。看看族里哪个女人像你这般，二十出头还未出嫁。花婶她十六嫁人，十七已为人母……

妹： （学哥哥口吻）还有贞子十八岁就已成了贤惠的人妻。

兄： 二十三岁的忠太和十九岁的芳子订了婚约，哪里还有女人在弃老山*这样的地方游荡徘

---

* 出自寓言《弃老山》，相传萨摩国国主下令，老人年满六十，儿孙便要将其丢到山上，任其自生自灭。

徊。要我说，未满二十嫁入夫家，实乃族中女子的骄傲。何曾有人去那笑面女坡*上上下下走到两腿僵直？！即便是年仅十五的邦子，脖颈也不见得有你这般干巴巴。

妹：　那是自然。她那脖子可是日日泡在妆粉里。

兄：　我正是劝你回故里学学怎么做女人，至少懂得给自己挑个妆粉。

妹　（从抽屉里取出电报纸书写）

兄　（一边看表一边烦躁地踱步转圈）

妹　（拿起电报纸欲往门外走）

兄：　你要去哪里？还未跟你谈完呢。（注意到电报纸）这是要给谁发电报？

妹：　不用哥哥管。

兄：　你是要恶人先告状吧。（抢过电报纸看起来）胡言，一派胡言。写的什么东西？！我什么时候疯了，什么时候？！

妹：　哪里是胡言，你不就在发神经吗？

兄：　你这疯子才应该去精神病院！（将电报纸揉

---

* 日本静冈县滨松市中区的一段坡道，因昭和初期坡上一家和服店竖起一块绘有日本传统笑面女面具的招牌而得名，周边地势起伏，上坡接下坡，行路不易。

作一团丢弃）再忍下去也没个尽头。必须果断行动。（在电报纸上书写，欲往门外走）

妹：　（抢过电报纸看起来）什么时候，我什么时候疯了？！

兄：　此时此刻。干燥狂人，加贫血性歇斯底里。

妹：　（将电报纸揉作一团丢弃）什么贫血性歇斯，就算改叫歇路，这病名听起来也叫人生厌。

兄：　是贫血性歇斯底里。你若记不住，教你多少遍都无妨。

妹：　你倒说说有何依据把这病名套到我头上，说依据。

兄：　你且把手放在心脏上好好想一想。要说你这心脏，哪里有什么血液，连一滴水都找不见。我且问你，时至今日，在二十岁之前，你可曾跟谁，跟任何一个人谈过恋爱？不管哪个女人，到了二十若还孑然一身，心脏定会开出两三个空洞来。这才是真真正正的女人。可你看你，连一道擦伤都不曾有。所以才会有喉结凸起。男人，女人。男人，女人。男人，女人。此乃健全世界的真实形态。像你这般逸出常轨，何来存在的理由？！

221

妹： 你这螺旋狂歇斯男！（转向书桌书写）

兄： 逸出常轨的家伙，随你说去，谁要理会？！
（踱步）所以说，男人也好女人也罢，要想
获得存在的理由，就该恋爱。Liebe*，爱，
love。所以不论哪一国，皆会选用美丽的词
语描述这项事实。那些美丽的词语，跟你这
双蓝袜子势不两立。（低头凝视脚边缓慢踱
步，逐渐变为自言自语）写诗之前，先要恋
爱。比起哲学的侧颜，更应沉醉于 Liebe 美
妙的音色。爱。love。Liebe……（忽然注意
到妹妹在书写）你不会又在写电报吧？我决
然不会让你发出去。

妹： 真是聒噪。才刚觉得清净一点。（将电报纸
悉数扔出）你若想写，随你写多少。（继续
书写）

兄： （踱着步）所以你今后若还想活得像一个人，
终究需要一场恋爱。听见没有？（走到妹妹
书桌旁）在写什么？我叫你快去谈恋爱。

妹： （将正在书写的纸翻到背面）你跟谁说呢？

————————————

* 德语，爱。

兄： 跟你说呢。快，去，谈，恋，爱。

妹： 我此刻正在倾吐月夜里的叹息。拜托别烦我，正忙着呢。今日已到三点，你怎么还不出去？再这般下去，雪子便要失去存在的理由了。其他闲事你已管得够多。（书写）

兄： （看表，烦躁不安地踱步转圈）老爹和阿母皆盼你早些治好贫血性歇斯底里。你若现在开始一场恋爱，剪头发的事也不至于让阿母太过伤心。赶紧的，为时未晚。（看表。眼看越发烦躁）你在听我说话吗？（走到妹妹身旁）你到底在写什么？！

妹： （翻过纸）都说了，正忙着！

兄： 是稿纸吧。又要去校友会杂志丢人现眼是吗？给我看看！

妹： （护住纸）才不是！

兄： 总之，拿给我看！从今往后写在稿纸上的字，一字一句都必须经我审查。

妹： 都说了，不是稿件！

兄： 随你怎么狡辩，为了我的声誉，必须审查。（取过纸）"没法子，谁让我到底是怕羞的呢。不过我可不愿见你动气。"这是什么？太乖顺可爱了，不像你的文章。

妹： 还给我！

兄： （默读）嘿嘿。这究竟是谁写的？

妹： 《一叶全集》*上抄的。快还我，赶时间呢。

兄： （打断妹妹）有意思，很有女人味。"不过你说你今日不过来并非因为与我动气。此刻都已过了一点。还未到中午我就已觉着心中惶然，午餐也只吃下一团米饭。而后，便带着这份凄楚给你写这封信，不想那苏打水却又毫无预兆地敲人脑袋。敲我这本就已满满当当塞满了委屈凄楚的脑袋。"什么嘛，记录的不就是今天的你吗？

妹： 没错，实话就是我在写信。

兄： 你写信？难道说你恋爱了？哈，恋爱了。信的收件人是谁？哥哥为你高兴。来，告诉我。

妹： 没有，这信没有收件人。

兄： 你大可不必瞒着哥哥。虽说哥哥不时会发脾气，可这种时候绝对是个很好的倾听者。

妹： ……我只是想着，既然自己身为女人太不解

---

* 日本明治初期的女作家樋口一叶的作品全集。

224

风情，不如写写这样的信练练笔，好歹体会一下女人的心境。

兄： 原来如此。却也是个好兆头。只要你有这份心，很快就能找到收件人。到时你这脖颈根也会变得美丽起来。毕竟干成这样只是人为造成的，本就不是什么不堪入目的脖子。

妹： 还不都怪哥哥你，我专心致志写得正欢，你却二话不说来敲我的头。

兄： 是哥哥不好。我这坏毛病要改。（跳着读信）"那个时候，只因我稍稍有些怕羞，心想着别是连苹果派都见不着了，内心甚是落寞。"这情绪与真女人分毫不差。原来你也能写出这样的东西。可惜了，居然没个收件的人……不如寄给松村？再没有人比松村更适合担此重任。毕竟是兄妹，侧颜与雪子一模一样。与他并肩坐着听课，让人几乎忘记身在课堂。

妹： 也是。换作我与雪子坐在一起听课，我恐怕，也不会有上课的心情，当然这都是未来的事。

兄： 真就是如此，不骗你。对了，刚才这苹果派

　　　　倒是提醒我了，松村与你一样喜欢苹果派，
　　　　且要配浓茶。

妹：　是吗？（折起信）总之接下来，我会时不时
　　　　演练一番。（看表）

兄：　这就对了，这才合乎目的。（看表）
　　　　（友人进门，提着装糕点的包裹。兄长对友
　　　　人欲言又止，面色苍白呆立不动。）

妹：　果然，还是来了。（拉起友人的手，将其牵
　　　　至书桌旁）没有跟我动气吧。（接过糕点包）
　　　　是苹果派。你果然没动气。

友人：（时不时瞥一眼兄长）什么没动气？苹果派
　　　　怎么了吗？我来找小野有点事……

兄：　雪子她怎么说？快告诉我。若都是上天注定
　　　　命运的安排，我就……

妹：　哥，你想多了。演练而已。（将信递给友人）
　　　　别介意，演练罢了。哥哥正命我演练一下
　　　　恋爱，偏巧你不早不晚这时候来了。快看看
　　　　吧。我正打算去寄快件呢。

友人　（仍不时瞥向兄长）

兄：　雪子的原话到底怎么说？

妹：　（对兄长）演练而已。（对友人）快看信。

226

友人　（开始看信）

兄：　雪子究竟如何回复的？

友人　（视线不离信纸）

妹：　晨起之后都没饿过，这会儿倒饿了。（解开包裹）果然是苹果派。（对兄长）哥，都说了在演练。

兄：　随你怎么演练。（对友人）到底怎么说的？

友人：（视线终于离开信纸）你说我妹妹啊，差点忘了，她说她等你。

兄：　叫我去？雪子她，真的，叫我去？！

友人：是"我等你"。

兄：　你没记错，肯定是"我等你"？

友人：没记错。

兄：　真的，真的是"我等你"！我……这就发电报。（捡起一张电报纸书写。一字一顿地念出来）已订婚速来。你们帮我仔细听听，看有没有写错。人一旦幸福过头，便会写出奇怪的东西。已订婚。速来。

友人：你究竟在说什么？

兄：　我订婚了，和雪子。你就是允婚的使者。

友人：她只是说"我等你"而已。

兄： 是暗号，我与她之间的暗号。刚好上一个礼拜日，我向雪子求了婚。我等你，表示接受。太阳已落，表示拒绝。你今日会带着回复来见我。我与她之间的约定简单朴素。整个礼拜，到刚才为止，我不由自主，在订婚和失恋间游走。（突然起身朝门口走去）

妹： 你等等。现在发电报做什么？

兄： 把老爹叫来，我要结婚。

妹： 可惜了。又要少去一声月夜里的叹息。

兄： 松村和你替位补缺不就行了。不演练，动真格。

松村，快把我妹妹从弃老山上猎下来。用你的吻洗洗她这男人似的脖颈根。不要演练，要动真格。（出门离去）

妹： （为泡茶出了房间又进来）糟糕。烧水壶里的水烧干了。怨不得人，毕竟从中午烧到现在。你稍微等等。

友人：泡不泡茶无所谓，你坐下。

妹： 可是茶越浓，你越温柔。（切苹果派）

友人：（吃一口派）单有派就好。万一喝茶喝醉了，搞不好又会想借用你的嘴。

228

妹： （吃一口派）不会还在生气吧？我信里都那般写了。

友人：你是说"没法子,谁让我到底是怕羞的呢"？你别忙，不用泡茶。

妹： 信可是上礼拜写的。（起身）水又要烧干了。

友人：烧干就烧干，随它去。我感觉自己已经喝下了浓浓的一杯。

妹 （条件反射般取出手巾擦嘴）

友人：（急切）别擦。这一擦真是可惜了。本就越甜越好。

（一九二九年八月）

尾崎翠

一八九六年生于日本鸟取县,十八岁便开始在杂志上发表作品,投稿文章多次被评选为卓荦之作。

一九一七年因作品被登载在著名文艺杂志《新潮》上,萌生正式以文学为业的想法,毅然辞去小学的工作。一九一九年入学位于东京的日本女子大学,就读国文科。

一九二〇年一月,《起于无风带》与芥川龙之介、志贺直哉、佐藤春夫等人的作品一同被登载于《新潮》。但日本女子大学反对在校学生在文艺杂志上发表作品,因此退学回乡,之后多次往返于家乡和东京之间,同时维持着创作。

一九二七年,当时还是无名之辈的林芙美子因为敬慕尾崎翠的才华,前去拜访尾崎翠位于东京郊外上落合的居所,从此开启了两人的友情。

一九三一年前后开始在日本文坛崭露头角,连载中的

《第七官界彷徨》反响热烈，备受好评；次年发表的《蟋蟀小姐》受到太宰治的极力称赞。但当时她的健康状况出现了问题，因深受幻觉的困扰，一九三二年九月被长兄带回鸟取养病，之后逐渐沉寂。

一九六九年，在文艺评论家平野谦和花田清辉的推动下，《第七官界彷徨》被收录于《全集·现代文学的发现》第六卷《黑色幽默》。以此为契机，尾崎翠的文学创作得到了重新评价，尾崎翠的名字也被更多人所知。

一九七一年，蔷薇十字社联系尾崎翠，希望能出版她的作品集。当时尾崎翠年事已高，又患有高血压，不得不卧病在床。之后病症恶化引发了肺炎，七月在鸟取的医院逝世，享年七十五岁。

参考：稻垣真美、日出山阳子编，《尾崎翠年谱》。

图书在版编目（CIP）数据

第七官界彷徨 : 尾崎翠中短篇小说集 / （日）尾崎
翠著；伏怡琳译 . -- 北京：北京联合出版公司 ,2023.12
ISBN 978-7-5596-7240-7

Ⅰ . ①第… Ⅱ . ①尾… ②伏… Ⅲ . ①中篇小说－小
说集－日本－现代②短篇小说－小说集－日本－现代 Ⅳ .
① I313.45

中国国家版本馆 CIP 数据核字 (2023) 第 189279 号

第七官界彷徨 : 尾崎翠中短篇小说集

作　　者： [日] 尾崎翠
译　　者： 伏怡琳
出 品 人： 赵红仕
策划机构： 明　室
策 划 人： 陈希颖
特约编辑： 刘麦琪
责任编辑： 牛炜征
装帧设计： 山川制本 workshop

北京联合出版公司出版
（北京市西城区德外大街 83 号楼 9 层　100088）
北京联合天畅文化传播公司发行
北京市十月印刷有限公司印刷　新华书店经销
字数 106 千字　787 毫米 ×1092 毫米　1/32　7.5 印张
2023 年 12 月第 1 版　2023 年 12 月第 1 次印刷
ISBN 978-7-5596-7240-7
定价：55.00 元